趣味代数学

〔俄〕雅科夫·伊西达洛维奇·别莱利曼　著

李薇薇　译

四川大学出版社
SICHUAN UNIVERSITY PRESS

图书在版编目（CIP）数据

趣味代数学 /（俄罗斯）雅科夫·伊西达洛维奇·别
莱利曼著；李薇薇译. — 成都：四川大学出版社，
2024.6
ISBN 978-7-5690-5286-2

Ⅰ. ①趣… Ⅱ. ①雅… ②李… Ⅲ. ①代数－普及读
物 Ⅳ. ① O15-49

中国版本图书馆 CIP 数据核字（2021）第 277772 号

书　　名：趣味代数学
　　　　　Quwei Daishuxue
著　　者：〔俄〕雅科夫·伊西达洛维奇·别莱利曼
译　　者：李薇薇

选题策划：王小碧　宋彦博
责任编辑：宋彦博
责任校对：刘一畅
装帧设计：牧田文化
责任印制：王　炜

出版发行：四川大学出版社有限责任公司
　　　　　地址：成都市一环路南一段 24 号（610065）
　　　　　电话：（028）85408311（发行部）、85400276（总编室）
　　　　　电子邮箱：scupress@vip.163.com
　　　　　网址：https://press.scu.edu.cn
印前制作：北京牧田文化传播有限公司
印刷装订：北京长宁印刷有限公司

成品尺寸：170mm×240mm
印　　张：10.25
字　　数：173 千字

版　　次：2024 年 6 月 第 1 版
印　　次：2024 年 6 月 第 1 次印刷
印　　数：1-10030 册
定　　价：42.00 元

扫码获取数字资源

四川大学出版社
微信公众号

目　录

第一章 代数的第五种运算

1. 实际生活中离不开高次乘方

代数又被称为"有七种运算的算术"，因为除了加减乘除这四种运算之外，还有三种运算——乘方和它的两种逆运算。下面，我们从乘方开始说起。

实际生活中，我们经常需要用到乘方这种运算。我们可以回想一下，在很多计算面积和计算体积的例子中，二次方和三次方会时常出现。除此之外，万有引力、静电作用以及磁性作用、光、声等的强弱都与距离的二次方成反比例关系；行星绕太阳（以及卫星绕行星）旋转的周期的二次方与它离旋转中心的距离的三次方是成正比的。

我们在实际生活中遇见的不止二次方和三次方，还有更高次的乘方。例如，对于各种材料的强度，工程师在计算时要经常与四次方打交道；还有蒸汽管的直径等另外一些计算，甚至连六次方都需要用到。

水力学家在研究流水冲击石块的力量时会用到六次方，比如：假如一条河的流速是另外一条河的流速的 4 倍，那么相比流得慢的河流来说，流得快的河流冲击河床里的石子的力量要比前者大 4^6 倍，也就是 4 096 倍。

我们在研究炽热物体的亮度和温度的关系时，还会碰到更高次的乘方。比如电灯泡里面的钨丝，在白热的时候，其亮度与温度的十二次方成正比；而在赤热的时候，其亮度与温度的三十次方成正比。换句话说，其温度从

2 000 K 上升到 4 000 K（绝对温度 ①），也就是变为原来的 2 倍时，亮度就增强到原来的 2^{12} 倍，即 4 096 倍。在制造电灯泡的技术上，这种独立的关系有什么意义呢？接下来我们会继续介绍。

2. 带着一长串零的天文数字

可能没有人会像天文学家那样广泛地使用代数的第五种运算。在关于宇宙的研究中处处都碰得到极其巨大的数字——只有一两位有效数字，而后面是添写的一长串的 0。这一类数字被称作"天文数字"再适合不过了，如果在书写的时候用的是普通记数法的话，必然会引起极大的不方便，尤其是用它们进行计算的话。比方说，地球和仙女座星云之间的距离，要按照普通写法的话，就等于这样多的千米：

95 000 000 000 000 000 000

天体之间的距离在天文计算中一般是不能用千米或者更大的单位来表示的，而需要用厘米表示。如此一来，对于这个数我们就需要再添上五个 0：

9 500 000 000 000 000 000 000 000

表示恒星的质量时，需要用到更大的数，尤其是在采用克这一单位时，而这在许多计算里面是必需的。例如，太阳的质量要是用克来表示的话就是：

1 983 000 000 000 000 000 000 000 000 000 000

显然，在进行计算时用这么大的数是非常不方便的，而且发生错误的概率也很高。更何况，上面所列举的天文数字还不是最大的！

而对于计算上的这种困难，第五种数学运算就简单地克服了。只要是 1 后面带着一些 0 的数值，就可以表示成 10 的若干次方，比如：

$100=10^2$，$1\ 000=10^3$，$10\ 000=10^4$，…

前面所讲到的巨大数目，就可以表示成下列形式：

第一个数……………………95×10^{23}

第二个数……………………$1\ 983\times10^{30}$

---

① 绝对温度又被称为热力学温度，其单位为开尔文（符号为 K），是因英国科学家开尔文而得名的热力学温度单位。

这样的表示方法，既可以节省位置，也便于演算。比方说，如果要求将这两个数相乘，那么只要用乘法计算出 $95 \times 1\,983 = 188\,385$，然后在其后面写上因数 $10^{23+30} = 10^{53}$ 即可：

$$95 \times 10^{23} \times 1\,983 \times 10^{30} = 188\,385 \times 10^{53}$$

相比先写一个有 23 位 0 的数，然后再写一个有 30 位 0 的数，最终得出一个有 53 位 0 的数的表示方法来说，这样当然方便得多——因为连写几十个 0，很可能会有遗漏，导致结果出错。

3. 用乘法形式表示大数更容易计算

我可以用一个演算，让你相信，在实际工作中用乘法形式表示大数可以使计算变得很容易。例如，求地球的质量是它周围全部空气的质量的多少倍。

据我们所知，空气压在地球表面每一平方厘米上的大气柱的质量就是 1 千克。可以这样来想象，这样一条条的空气柱就拼成了地球周围的大气层；地球的表面积有多少平方厘米，这样的空气柱就有多少条，而全部大气也就有多少千克重。从参考书中就可得知：地球的表面积为 51 000 万平方千米，即是 51×10^{7} 平方千米。

那么，1 平方千米相当于多少平方厘米呢？1 千米等于 1 000 米，而 1 米等于 100 厘米，因此 1 千米就等于 10^{5} 厘米，而 1 平方千米则是 $(10^{5})^{2} = 10^{10}$ 平方厘米。所以，地球的表面积就等于：

$$51 \times 10^{7} \times 1 \times 10^{10} = 51 \times 10^{17} \text{（平方厘米）}$$

那么，地球周围大气的质量也就是这么多千克，转化为吨，就得到：

$$51 \times 10^{17} \div 1\,000 = 51 \times 10^{17} \div 10^{3} = 51 \times 10^{17-3} = 51 \times 10^{14} \text{（吨）}$$

已知地球的质量约等于 6×10^{21} 吨。要计算出我们的行星质量是它周围的空气质量的多少倍，用除法可得到：

$$6 \times 10^{21} \div 51 \times 10^{14} \approx 10^{6}$$

即地球的质量约是其周围空气质量的 1 000 000 倍。

4. 没有火焰的燃烧

为什么木柴和煤只能在高温下燃烧？化学家会告诉你：严格说来，碳元素和氧元素的化合在任何温度下都能够进行，只不过在低温的时候只有少数分子参与反应，化合过程进行得极慢，所以我们才觉察不出来。我们通过确定化学反应速度的定律[①]可以知道：温度每降低10℃，反应速度——也就是参与反应的分子数目，就减少一半。

将这个定律应用到木头和氧化合的反应，也就是木头燃烧的过程中，假设在火焰温度等于600℃的时候，每秒钟就会烧掉1克的木头，那么在温度等于20℃的时候"烧掉"1克木头所用的时间是多少呢？这里温度降低了580℃，也就是58×10℃，因此反应速度就会降低到原来的$(1/2)^{58}$，也就是说"烧掉"1克木头需要2^{58}秒的时间。

那么，这样一段时间换算成年是多少年呢？我们可以大致地计算一下，既不需要真的将2连续乘57次，也不需要翻看对数表，只需要利用：

$$2^{10}=1\ 024 \approx 10^3$$

所以，

$$2^{58}=2^{60-2}=2^{60} \div 2^2= \frac{1}{4} \times 2^{60}= \frac{1}{4} \times (2^{10})^{\ 6} \approx \frac{1}{4} \times 10^{18}$$

也就是大约等于一百亿亿秒的四分之一。而一年大约有3 000万秒，也就是3×10^7秒，所以，

$$(\frac{1}{4} \times 10^{18}) \div (3 \times 10^7) = \frac{1}{12} \times 10^{11} \approx 10^{10}$$

结果就是一百亿年！也就是说，在没有火焰的情形下的1克木头大约可以"燃烧"一百亿年的时间。

由此可见，燃烧使这种极端缓慢的化合过程加快了不知多少万倍。

---

① 化学反应速度通常以单位时间内反应物或生成物浓度的变化值（减少值或增加值）来表示，反应速度与反应物的性质和浓度、温度、压力、催化剂等都有关。

5. 晴天与阴天的组合

【题目】如果只用天上有没有云这一特征来区分天气的话，那就只有晴天和阴天这两种天气了。你觉得，在这样的条件之下，以星期为观察时段，一星期内的天气组合形式多不多呢？

乍一想，好像不多，在过去的两个月时间里，一星期内晴天和阴天的各种组合就都出现了；而在这之后，已经出现过的组合中总会有一种不可避免地要重复出现。

但是，我们可以准确地计算一下，在这种条件下到底会有多少种可能的组合形式出现。意想不到的是，这么一个问题会用到第五种数学运算。

那么，晴天和阴天的组合在一个星期里面到底会有多少种形式呢？

【解答】我们可以这样来思考：这个星期的第一天也许是晴天，也许是阴天，这样就已经有 2 种形式了。

在两天的时间里，晴天和阴天可能出现的组合如下：

晴和晴　　阴和晴

晴和阴　　阴和阴

由此可以看出，两天时间里一共有 2^2 种不同的组合。那么在三天的时间里面，前两天的每一种组合都有可能与第三天的两种组合相结合。因此，三天内的组合数目就等于：

$$2^2 \times 2 = 2^3$$

而在四天的时间里面，所有组合的数目就等于：

$$2^3 \times 2 = 2^4$$

同理，在五天的时间里面，可能出现的组合是 2^5 种，在六天的时间里面有 2^6 种组合，一星期中总共会有 $2^7 = 128$ 种组合。

由此可得，一星期里面晴天、阴天的组合有 128 种可能。如果经过 128 个星期，也就是 $128 \times 7 = 896$ 天之后，上面所提到的组合中总会有一个要重复出现。当然，这种重复可能发生得更早。不过 896 天是一个最长期限，也就是说，过了这个期限，一星期内的天气组合就不可避免地要重复出现了。反过来看，也有可能经过长达两年多一点——准确地说是 2 年零 166 天的时间，每个星期的天气变化都不同于其他星期。

6. 能否在 10 天内打开保险柜

【题目】有人发现了一个很久以前留下来的保险柜。要想打开保险柜的锁，必须先知道锁的密码。保险柜的门上有五个圈，每个圈里面都有 36 个字母，需要从每个圈中选出一个字母，恰好排成某个单词，才能打开保险柜。如今没有人知道这个单词，他又不想将这个柜子破坏掉，就决定把 5 个圈里各个字母的可能组合都尝试一遍。已知每排出一个组合需要的时间是 3 秒。那么，想要在 10 天之内打开这个柜子，是否能办到呢？

【解答】我们先来计算一下，假如将所有的字母组合都尝试一遍的话，一共会有多少种组合。

第一圈里面的 36 个字母中的任意一个可以与第二圈的 36 个字母中的任意一个组合。那么，这就是说，取两个字母的组合数目就等于：

$$36 \times 36 = 36^2$$

这些组合中的任意一个可以与第三圈的 36 个字母中的任意一个相组合。所以，取三个字母的组合数目就等于：

$$36^2 \times 36 = 36^3$$

依此类推，就可得出，四个字母的组合数目等于 36^4，五个字母的组合数目等于 36^5，也就是等于 60 466 176。已知拼出一个组合所用时间是 3 秒钟，那么要拼完这 6 000 多万个组合，就需要：

$$3 \times 60\ 466\ 176 = 181\ 398\ 528 （秒）$$

换算成小时的话，就超过 50 000 个小时了。按每天工作八小时计算，要把所有组合都试一遍，就需要大约 6 300 天，也就是 17 年多的时间。

换句话说，只花 10 天就打开柜子的可能性是非常小的，它的概率只有 10/6 300，也就是 1/630。

7. 迷信的骑车人

【题目】有一个人想学习骑车，就买了一辆自行车。但是这个人有一个毛病，就是特别迷信。他听别人说骑自行车最忌讳"8"这个数字，就很怕自己的车牌①上有"倒霉"的"8"字出现。他在去取车牌的路上，就这样盘算：不管什么车牌，肯定跑不了 0 ～ 9 这十个数字。而在这十个数字中，数字 8 只是其中的一个。由此可见，碰到"倒霉"号的概率也只有十分之一。

你认为他这个判断是正确的吗？

【解答】我们知道，自行车牌的号码由 6 位数字组成，从 000 001 一直到 999 999，共有 999 999 个号码。那么到底会有多少个"幸运"号呢？我们来计算一下：在第一位数字上可能出现 9 个"幸运"数——0、1、2、3、4、5、6、7、9 中的任何一个；在第二位数字上也可能出现这 9 个数字中的任何一个。对于两位数来说，"幸运"组合会有 $9×9=9^2$ 个。而在每一个这样的两位数的后边，也就是第三位上，可以再写上 9 个"幸运"数中的任意一个，所以，一共有 $9^2×9=9^3$ 个"幸运"的三位数组合。

依此类推，我们就得到"幸运"的六位数组合有 9^6 个。然而，其中有个 000 000 是不能作为自行车牌号的，因此，自行车牌的"幸运"号码就有 $9^6-1=531\ 440$ 个，在所有号码中只占 53% 多一点，而不是那位骑车人所想的 90%。

假如车牌号码是 7 位数的话，那么相比"幸运"号码来说，"倒霉"号码就要更多一些，对此，各位读者可以自己证明一下。

8. 快速变大的数字

即使一个数很小，如果用 2 累乘它，也可以非常快地变大。那个著名的"国王给国际象棋发明人奖赏"的故事，就是一个例子。老旧的例子我们就不多说了，下面给大家介绍一个新例子。

【题目】平均每 27 个小时，一只草履虫就要分裂成两个。如果所有通过这种分裂法繁殖出来的虫子都能够存活的话，那么需要多少时间才能够使一只草履虫繁殖出来的后代的总体积相当于太阳大小呢？

---

① 在作者所处的年代，自行车需要牌照才可以上路。——译者注

现在已知的数据包括：假如每次分裂出来的草履虫都不死去的话，一只草履虫的四十代子孙所占的体积是 1 立方米；太阳的体积是 10^{27} 立方米。

【解答】上面的问题实际上就是：1 立方米要用 2 累乘几次才能够得出 10^{27} 立方米？由于 2^{10} 约等于 1 000，因此我们就可以这样写：

$$10^{27}=(10^3)^9 \approx (2^{10})^9 = 2^{90}$$

这就是说，要想达到和太阳的体积相当，需要这第四十代再经过 90 次的分裂。假如从第一代算起的话，那就是第 40+90=130 代。同时也不难算出，这一代会在第 147 天产生。

而据我所知，真有一个微生物学家曾经观察一只草履虫的分裂到第 8061 次。假如这么多草履虫里面一个也没有死掉的话，那么最末一代所占的体积会是多少呢？读者可以自己来计算一下。

对于刚才的问题，还可以反过来这样提，如下：

假如太阳分裂成两半，每一半又分裂成两半，这样一直分裂下去。要想得到相当于草履虫大小的粒子，需要分裂多少次呢？

答案就是 130 次，即使是早已知道这个答案的读者，也还是会因这个数字的"小"而吃惊。

另外，我们还可以这样来提出问题：

将一张纸对半裁开，再将得到的半张又对半裁开，以此类推。要想得到质量和原子质量相当的粒子，需要裁多少次呢？

假如一张纸是 1 克重，原子的质量则取 $\frac{1}{10^{24}}$ 克这样的数量级。我们可以将分数里的 10^{24} 用与它近似相等的 2^{80} 来代替，显然，并不是像一般人所估计的需要裁几百万次，而是一共只需要对开裁 80 次即可。

9. 比人快一百万倍的计数器

有一种叫触发器的电子装置，它有两个电子管——和收音机里的电子管差不多。触发器里的电流能够通过其中一个电子管——要么是通过左边的，要么是通过右边的。而触发器中有四个触点：通过其中两个触点，可以从外部向它们输入短暂的电信号（脉冲）；通过另外两个触点，可以从触发器内部输出回答脉冲。触发器会在加上输入电脉冲的瞬间转变成翻转的状态：原来导通的电子管截止，电流开始通过另一个电子管。在右边的电子管截止，左边的电子管导通的瞬间，触发器就会输出回答脉冲。

现在，将几个电脉冲逐一给触发器加上，观察一下触发器是怎样工作的。触发器的状态，我们可以通过右边的电子管来确定：假如右边的电子管截止，就说触发器处于"0 状态"；假如右边的电子管导通，就说触发器处于"1 状态"。

假设触发器的初始状态为 0 状态，也就是说左边的电子管是导通的，如图 1 所示。右边的电子管会在第一个脉冲通过之后导通，触发器翻转成 1 状态。由于只在左边电子管导通时才输出回答脉冲，所以此时触发器不会输出回答脉冲。

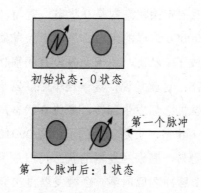

初始状态：0 状态

第一个脉冲后：1 状态

第二个脉冲后：0 状态（同时输出回答脉冲）

图 1

左边的电子管会在第二个脉冲之后又导通，同时触发器又回到 0 状态。此时，触发器会输出回答信号（脉冲）。由此可见，触发器在两个脉冲之后又回到初始状态。所以，触发器（和第一个脉冲之后一样）会在第三个脉冲之后处于 1 状态，在第四个脉冲之后（和第二个脉冲之后一样）处于 0 状态，同时输出回答脉冲。依此循环下去，触发器的状态会在每两个脉冲之后就重复一次。

如图 2 所示，将触发器从右到左顺次连接，外来的脉冲信号加到第一个触发器上，第一个触发器输出的回答脉冲加到第二个触发器上，第二个触发器输出的回答脉冲再加到第三个触发器上……对于这一连串触发器的工作情况，我们来观察一下。

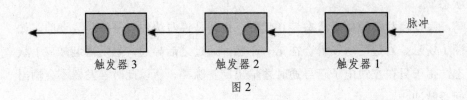

触发器 3   触发器 2   触发器 1

图 2

假设所有触发器的初始状态都是 0 状态。譬如，这一连串触发器总共是 5 个，我们就有了 00000 这样的组合。第一个触发器（最右边的一个）在第一个脉冲之后就变成了 1 状态，由于此时没有回答脉冲发输出，因此其余的触发器都处于 0 状态。这就是说，这一连串触发器形成了组合 00001。第一个触发器在第二个脉冲之后发生翻转，变成 0 状态，同时输出回答脉冲，使第二个触发器变成 1 状态，于是就得到了组合 00010。第一个触发器在第三个脉冲之后又发生翻转，其余触发器的状态仍旧是不变的，于是我们就有了 00011 组合。第四个脉冲之后，第一个触发器再次翻转，输出回答脉冲；这个回答脉冲使第二个触发器发生翻转，同时也输出回答脉冲；第二个触发器输出的回答脉冲，又使第三个触发器翻转。于是，就得到了组合 00100。

以此类推，所得到的结果就是：

第 1 个脉冲组合：00001

第 2 个脉冲组合：00010

第 3 个脉冲组合：00011

第 4 个脉冲组合：00100

第 5 个脉冲组合：00101

第 6 个脉冲组合：00110

第 7 个脉冲组合：00111

第 8 个脉冲组合 01000

…………

由此我们可以看到，对于外来的信号，这一连串的触发器不仅能够"计算"，而且还能用特殊的方法将这些信号的数目"记"下来。不难发现，这里所"记"的输入信号的数目，采用的是二进制计数法，而不是我们通常所习惯的十进制。

所有的数在二进制计数法中都以 0 和 1 来表示。后一位上的 1 只是前一位上的 1 的两倍，而不是十倍——像通常所用的十进制计数法那样。二进制数中的最末一位（最右边的一位）上的 1 就和平常的 1 一样。下一位——从右往左数第二位上的 1 表示的是十进制的 2，再下一位的 1 表示的是 4，再下一位的 1 表示的是 8，等等。

比方说，采用二进制，数 19=16+2+1 就写成 10011。

就这样，一连串触发器用二进制计数法"记"输入的信号的数目。需要注意的是，触发器翻转一次，也就是记录一个输入的脉冲，所花去的时间只有一亿分之几秒！现代的计数触发器每秒钟能"记"的脉冲数在一千万以上，相比人数数来说，它要快一百万倍——人的眼睛最快只能对每隔 0.1 秒出现一次的信号进行清楚识别。

假如把 20 个触发器连成一串，它便能"计数"到 $2^{20}-1$，这个数比一百万大。假如把 64 个触发器连成一串，我们就能用它将著名的"象棋数字"记录下来了。

对于核物理的实验研究来说，能达到每秒钟几百万个信号的计数有着十分重大的意义。譬如，可以将原子蜕变时释放出来的各种粒子的数目记下来。

10. 每秒运算 10 000 次

非常奇妙的是，触发器还能帮助我们进行数的运算。下面我们来看一下，它如何实现两个数的加法。

将三排触发器像图 3 所示那样连接起来。上面一排触发器用来记录第一项——被加数，中间一排触发器用来记录第二项——加数，下面一排触发器用来记所得到的和。上面两排中处于 1 状态的触发器将会向下面一排触发器输出脉冲信号。

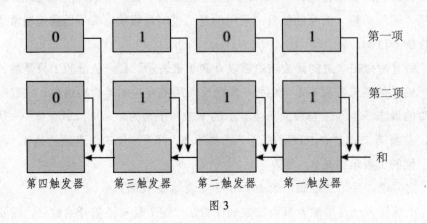

第四触发器　　第三触发器　　第二触发器　　第一触发器

图 3

从图 3 中可以看到，上面两排触发器中分别记着 101 和 111 这两个数（二进制）。此时，下排的第一触发器，也就是最右边的那个，得到两个脉冲信号——从上两排的第一触发器各得到一个。据前文可知，下排的第一触发器得到两个脉冲后，仍旧处于 0 状态，不过会向第二触发器输出一个回答脉冲。与此同时，下排的第二触发器还从中排的第二触发器得到一个脉冲信号。于是，下排的第二触发器总共得到两个脉冲，所以，第二个触发器是处于 0 状态，而且向下排的第三触发器输出一个回答脉冲。下排的第三触发器一共得到三个脉冲信号，现在处于 1 状态，而且会输出一个回答脉冲。下排的第四触发器收到这个回答脉冲后，变成 1 状态——此时再没有其他脉冲送到下排的第四触发器上了。如此，图 3 中所示的装置就用"竖式"完成了两个二进制数的加法运算：

$$
\begin{array}{r}
101 \\
+111 \\
\hline
1100
\end{array}
$$

换算成十进制数，就是 5+7=12。下面一排触发器的回答脉冲，就相当于人在用"竖式"做加法运算时"记忆"下 1 来，并且将其移给高一位。

假如每排有 20 个触发器而不是 4 个的话，那就能进行百万以内的数的加法运算了。要是触发器再多一些，就能进行更大的数的加法运算。

必须指出，相比在图 3 中画出来的装置，进行加法运算的实际装置要更为复杂。尤其是，在实际装置里要加上信号延迟装置。事实上，在上面所画的那个装置中，从上面两排来的两个脉冲同时（也就是在装置接通的一瞬间）加在下排的第一触发器上，最终，两个信号会混在一起，触发器所接收到的仿佛就只有一个信号，而不是两个信号。为了避免这种情况发生，从上面来的两个信号，其中一个应该比另一个"延迟"一点，不能同时达到。加上延迟装置后，相比触发器单独计数，两数相加就不得不花更多的时间。

我们只需要将设计方案改变一下，就可以使这个装置做减法运算，甚至可以进行乘法、除法和其他运算。这里的乘法运算实际上就是进行累加，所以，相比加法来说，它所需要的时间要多好几倍。

在现代计算机上就应用了上面所说的装置。这类装置每秒钟所进行的运算次数能够达到一万甚至十万多次。至于每秒运算一百万次的计算机，相信也会在不远的未来被制造出来。[1] 乍一看，这种令人瞠目结舌的运算速度好像也没有什么必要。例如，计算一个 15 位数的平方时，用时万分之一秒和用时四分之一秒有什么区别呢？在我们眼中，它们都是一瞬间的事情。

但是，先不要急着做结论。我们可以先看一个例子：一个优秀的象棋选手，他在每走一步之前所思考出来的可能的方案会多达几十个甚至上百个。棋手在复杂的棋赛中，时常会遭遇"时间不足"的问题，这是因为他几乎将规定的全部时间都用在了考虑前面各步的走法上，到最后就只好匆匆忙忙落子了。然而，假如将考虑走棋方案的工作交由计算机去完成会如何呢？那就永远不会存在"时间不足"的问题了，因为我们知道计算机每秒进行的运算都达到几千次，由它来考虑全部的走棋方案也不过是"一瞬间"的事情。

当然，你也许会提出异议，认为计算（即使是最复杂的计算）是一回事，而下棋是另外一回事，因为计算机是不会干这种事情的！棋手考虑方案是"思考"，而不是"计算"！对此你不需要争论，因为对于这个问题，我们下面就要进行介绍了。

---

① 目前的超级计算机，其运算速度已达到每秒千万亿次乃至亿亿次。——译者注

11. 会有多少种象棋棋局

我们可以大体计算一下象棋棋盘上可能出现的不同的棋局数。精确的计算是没有什么意义的，我只想让读者感受一下这个数有多大。《游戏的数学和数学的游戏》一书中，有这么一段话：

白子第一步有 20 种选择（每个卒可以向前走一格或两格，8 个卒就有 16 种走法，2 个马各有 2 种走法）。对应白子的每一步，黑子又有 20 种走法。把白子的每一步和黑子的每一步结合起来，两方走出第一步后就可能形成 $20 \times 20 = 400$ 种不同的棋局。

第一步之后，可能的走法就更多了。假设白子走了第一步 e2 → e4，那么它走第二步时的走法就有 29 种，再往后可能的走法会更多。例如，一个王后在 d5 格里，可能的走法就有 27 种——如果它所有的出路都是空格的话。但是，为了计算简便，我们可以采用以下平均数：

双方的前 5 步各有 20 种可能的走法，此后各步双方各有 30 种可能的走法。

除此之外，假设在一般的棋赛中，各方平均走 40 步。于是，我们所能得到的棋局的数目就等于：

$$(20 \times 20)^5 \times (30 \times 30)^{35}$$

我们可以将上式简化一下，求出其近似值来，如下：

$$(20 \times 20)^5 \times (30 \times 30)^{35} = 20^{10} \times 30^{70} = 2^{10} \times 3^{70} \times 10^{80}$$

2^{10} 可以用 1 000 也就是 10^3 近似地替代。

用下面的形式可以简化 3^{70}：

$$3^{70} = 3^{68} \times 3^2 \approx 10 \times (3^4)^{17} \approx 10 \times 80^{17} = 10 \times 8^{17} \times 10^{17} = 2^{51} \times 10^{18}$$

$$= 2 \times (2^{10})^5 \times 10^{18} = 2 \times (10^3)^5 \times 10^{18} \approx 2 \times 10^{15} \times 10^{18} = 2 \times 10^{33}$$

从而可以得到：

$$(20 \times 20)^5 \times (30 \times 30)^{35} \approx 10^3 \times 2 \times 10^{33} \times 10^{80} = 2 \times 10^{116}$$

这个数目将传说中赏给象棋发明人的麦粒数（$2^{64} - 1 \approx 16 \times 10^{18}$）远远地抛在了后面。如果地球上所有的人日日夜夜都来下象棋，走一步用时一秒钟，要想走遍所有可能出现的棋局，需要不停地下上大约 10^{100} 个世纪才可以。

12. 自动下棋机的秘密

假如有人告诉你，曾经出现过自动下象棋的机器，你可能会感到惊讶吧。的确，既然在棋盘上可能出现的棋局的数目几乎是无限多的，那么自动下棋的机器又怎么能做出来呢？

对此，也很好解释。并没有出现过什么自动下棋的机器，那只是人们的臆想罢了。在曾经出现的所谓"自动下棋机"中，匈牙利机械师沃里弗兰克·冯·坎别林制作的下棋机特别有名。他的机器曾经在奥地利和俄罗斯的皇宫里展示过，随后又在巴黎和伦敦公开展览。拿破仑一世曾经和这台机器比拼过棋艺，觉得自己能够战胜它。19世纪中期，这台著名的机器来到美国，却在费城毁于一场火灾。

至于其他的自动下棋机，就没有这么高的声望了。但是，对于这类能够自动进行有效运算的机器的发明，人们自始至终抱有信心，并且在此后的时间里一直没有减弱。

实际上，那时的下棋机没有一台能够真正实现自动运算，而是有一位棋手巧妙地隐藏在机器里面，移动着棋子。现在，我们已经了解到，这种所谓的自动下棋机内有一个很大的空间，里面装满了复杂的机械零件。同时，箱子内有全套的棋盘和棋子，通过一个木偶的手来移动棋子。在棋局开始之前，要向公众展示，让大家相信这个箱子里面除了机器零件外一无所有。但是，实际上有一个身材矮小的人藏在里面。这个角色一度是由著名的棋手约翰·阿尔盖勒和威廉·刘易斯所担当。在棋赛进行的时候，箱子里的机械零件没有一个是真正在工作的，它们所起的作用不过是掩人耳目。

然而，现在确实出现了会"下"象棋的机器，它就是能够进行高速运算的计算机。我们在前面已经介绍过这样的机器。那么这种机器到底是如何"下"棋的呢？

当然，除了进行数的运算外，计算机不会做其他任何事情。而机器之所以会进行计算，也是因为事先编好了一定的程序，它只用按照程序一步一步执行就可以了。

数学家根据固定战术编写出了下象棋的"程序"，这种战术是一套走棋的规则——能够为每个棋子选择当前唯一的最佳路线。当然这里的"最佳"只是相对固定的战术来说的。基于这样的战术，对每个棋子都规定了分数（值），如下：

国王··············	+200 分	卒 ···················	+1 分
后··············	+9 分	落后卒 ············	-0.5 分
车··············	+5 分	被困卒 ············	-0.5 分
象··············	+3 分	并卒 ···············	-0.5 分
马··············	+3 分		

除此之外，对于棋子所处位置的优劣还可用一定的方法来衡量，即评价棋子的灵活性——棋子是靠近中心还是靠在边上等，位置优劣所占分数不到1 分。白子的总分减去黑子的总分，在某种程度上能够说明双方阵容的优劣。假如这个差值是正的，那就代表白子是占优势的；假如是负的，那就表示黑子占优势。

计算机一般只计算怎样在三步之内改变这个差值，即从这三步的所有可能的组合中选出一个最佳的方案，然后在专门的卡片上打印出来——这就代表计算机走完了"一步"。计算机每走一步所花费的时间是极少的——这跟程序的编法和机器的运算速度有关，因此不必担心"时间不足"的问题。

当然，只能事先"想出"三步的计算机，肯定不算是好"棋手"[①]。不过，毋庸置疑，计算机的"下棋"本领会随着计算机技术的迅速发展而快速提高。

13. 数学上用类推法是很危险的

【题目 1】相信大家都已经知道如何用三个数字写出尽可能大的数。只要取三个 9，将它们这样写下来：

$$9^{9^9}$$

也就是写出 9 的第三级"超乘方"。

这个数大到不可思议，全宇宙可见部分的电子的总数，相比它来说，也完全不值一提。

① "好的棋手"往往能事先考虑十步或十步以上。

现在我们再来看一个问题 不许用运算符号,用三个2写出尽可能大的数。

【解答】因为上面刚讲过把9叠成三层的方法,对于这些2,也许你已经也准备如此写出来:

$$2^{2^2}$$

然而,假如这样写的话,是得不到想要的效果的。因为如此写成的数并不大,甚至还要小于222。我们写出的数事实上只是2^4,也就是16。

用三个2所写成的真正最大的数既不是222,也不是22^2——484,而应该是:

$$2^{22}=4\,194\,304$$

这个例子很有意思。它说明了一件事,那就是在数学上用类推法办事是很危险的,很容易引出错误的结论引出。不信我们接着往下看:

【题目2】不准用运算符号,用三个3写出尽可能大的数。解答这个问题的时候你应该更加小心。

【解答】用叠成三层的方法是达不到预期效果的,因为

$$3^{3^3}$$

也就是3^{27},是小于3^{33}的。而后一种写法是本题的正确答案。

再接着看下面这个题目:

【题目3】不许使用运算符号,用三个4写出尽可能大的数。

【解答】如果你照着刚才讲过的两道题目的解法来解答这道题目,即写成4^{44}的话,那么就又错了,因为这一次用叠成三层的写法得出的是

$$4^{4^4}$$

事实上,$4^4=256$,而4^{256}是比4^{44}大的。

14. 用三个相同的数字写出最大的数的秘诀

为什么有些数字叠成三层就可以得到最大的数,而有些数字却不行呢?我们先讨论一下一般情况:不许使用运算符号,要将三个相同的数字写成尽可能大的数。

用 a 表示一个数字，参照下面的写法：

$$2^{22}, \ 3^{33}, \ 4^{44}$$

那么就可以写成：

$$a^{10a+a}$$

即 a^{11a}。

而一般的三层叠法就可以写成：

$$a^{a^a}$$

现在要求的就是，后一种写法表示的数比前一种写法表示的数大的时候，a 是什么数字。由于这两个式子都是同一整数做底的乘方，因此只要指数大，整个数值也会大。那么，a^a 在什么情况下大于 $11a$ 呢？

不等式的两端同时除以 a，可以得出：

$$a^{a-1} > 11$$

从不等式中不难看出，只有当 a 大于 3 的时候，a^{a-1} 才能比 11 大，因为

$$4^{4-1} > 11$$

而下面这两个乘方都是比 11 小的：

$$3^2 \ 和 \ 2^1$$

现在，对于在解答前几个问题的时候所碰到的意外情况，我们就明白其中缘由了。对于 2 和 3，要使用 a^{11a} 种写法；而对于 4 和更大的数，则需要使用三层叠法。

15. 用四个相同数字写出最大数

【题目 1】不许使用运算符号，将四个 1 写成尽可能大的数。

【解答】1 111，这是很多人自然而然会想到的答案，但实际上这并不是本题的正确答案，因为下面的数就比 1 111 大好多倍：

$$11^{11}$$

我们利用对数表可以快速地将它的近似值求出来。这个数要大于 2 850 亿，因此 11^{11} 要比 1 111 大了 25 000 万倍还多。

【题目2】下面这道题在上一道题的基础上又有所发展——讨论四个 2。要将四个 2 写成尽可能大的数，需要如何写？

【解答】一共有 8 种可能的组合，分别是：

$$2\,222,\ 222^2,\ 22^{22},\ 2^{222}$$
$$22^{2^2},\ 2^{22^2},\ 2^{2^{22}},\ 2^{2^{2^2}}$$

那么，这几个数中最大的是哪一个？

我们先看第一行的几个数。

第一个数——2 222，很明显要比另外三个小。

我们再比较一下接下来的两个数：222^2 和 22^{22}。需要先将第三个数换一种写法：

$$22^{22}=22^{2\times11}=\left(22^2\right)^{11}=484^{11}$$

与 222^2 相比，484^{11} 的底数和指数都更大，因此 22^{22} 大于 222^2。

现在比较一下 22^{22} 和 2^{222} 这两个数。我们可以用一个比 22^{22} 大的数 32^{22} 来代替它，先将 32^{22} 和 2^{222} 相比较：

$$32^{22}=\left(2^5\right)^{22}=2^{110}<2^{222}$$

由此可见，连 32^{22} 都小于 22^{22}，那么比 32^{22} 还小的 22^{22} 肯定小于 2^{222}。因此，第一行中 2^{222} 是最大的数。

接下来再比较一下 2^{222} 和第二行中的四个数：

$$22^{2^2},\ 2^{22^2},\ 2^{2^{22}},\ 2^{2^{2^2}}$$

我们可以看到，最后一个数 $2^{2^{2^2}}$ 等于 2^{16}，因此可以立刻将其淘汰。此外，这一行的第一个数 22^{2^2}，就等于 22^4，比 2^{20} 都要小，因此这个数也可以淘汰掉。此时，需要比较的数就只剩下三个了。这三个数都是 2 的乘方，很明显，指数大的，乘方也大。我们看一下这三个指数：

$$222,\ 484,\ 2^{22}\ (=2^{10\times2}\times2^2\approx10^6\times4)$$

显然，最后一个是最大的。

所以，用四个 2 能够写成的尽可能大的数就是：

$$2^{2^{22}}$$

我们即使不用对数表，也可以求出这个数的近似值，只需要利用下面的近似等式：

$$2^{10} \approx 10^3$$

事实上

$$2^{22}=2^{20} \times 2^2 \approx 4 \times 10^6$$

$$2^{2^{22}} \approx 2^{4\,000\,000} > 10^{1\,200\,000}$$

因此，这是一个一百万位以上的数。

第二章 代数的第六种和第七种运算

1.乘方的逆运算

加法的逆运算叫作减法，乘法的逆运算叫作除法。而乘方却有两种逆运算，分别是求底数和求指数。求底数被称为第六种代数运算，叫作开方；求指数被称为第七种代数运算，叫作求对数。

为什么加法和乘法只有一种逆运算，而乘方却有两种逆运算呢？这是因为加法中的两个数，即使交换位置，得出的结果也是一样的；乘法也是如此。但是乘方的底数和指数的位置是不能够交换的，例如 $3^5 \neq 5^3$，因此加法和乘法中的两个数是可以用同一方法求出来的，但是在求乘方的底数和指数的时候需要用到不同的方法。

开方——代数的第六种运算，通常用符号 $\sqrt{\ }$ 表示。这个符号是拉丁字母 r 的变形，而 r 是拉丁文"根"的第一个字母。在 16 世纪的时候，根号是用大写拉丁字母 R 表示，而不是用小写拉丁字母表示，而且它的后面还带有拉丁文"平方"一词的第一个字母 q 或者"立方"一词的第一个字母 c，以此来表示到底开的是多少次方。比如 $\sqrt{4\,352}$ 在以前是这样写的：

$$R.q.4\,352$$

那个时候，我们现今所用的加号和减号都还没有通用，而是用字母 p 和 m 来代表。而我们现在的括号在那时是写成 $\lfloor\ \rfloor$。由此就可以清楚地了解到，以现代的眼光来看当时的代数式应该是多么不习惯。

下面这个例子来源于古代数学家邦别利（1572 年）的一本书：

$$R.c.\lfloor R.q.4352p.16\rfloor\ m.R.c.\lfloor R.q.4352m.16\rfloor$$

这个式子用我们现在的符号写出来就是：

$$\sqrt[3]{4\,352+16} - \sqrt[3]{4\,352-16}$$

除了 $\sqrt[n]{a}$ 这种形式外，现在也用另外一种形式 $a^{\frac{1}{n}}$ 来表示这种运算，而这从概括的意义上来看，是十分方便的。它指明方根也不过就是乘方而已，只是指数在这时候是分数罢了。这个形式是由 16 世纪荷兰卓越的数学家斯台文提出来的。

2. 比一比哪个数更大？

【题目 1】$\sqrt[5]{5}$ 与 $\sqrt{2}$ 哪一个更大？

【解答】不必将方根的数值计算出来，那样太麻烦，可以用代数的方法来解答。将这两个根式都做 10 次方运算，由此可以得出：

$$(5\sqrt{5})^{10}=5^2=25, \quad (\sqrt{2})^{10}=2^5=32$$

可以看出 32 > 25，所以

$$\sqrt{2} > \sqrt[5]{5}$$

【题目 2】$\sqrt[4]{4}$ 和 $\sqrt[7]{7}$ 哪一个更大？

【解答】将这两个根式都做 28 次方运算，由此可以得出：

$$(\sqrt[4]{4})^{28}=4^7=2^{14}=2^7 \cdot 2^7=128^2$$

$$(\sqrt[7]{7})^{28}=7^4=7^2 \cdot 7^2=49^2$$

因为 128 > 49，所以

$$\sqrt[4]{4} > \sqrt[7]{7}$$

【题目 3】$(\sqrt{7}+\sqrt{10})$ 和 $(\sqrt{3}+\sqrt{19})$，哪一个更大？

【解答】将这两个式子都做平方运算，可以得出：

$$(\sqrt{7}+\sqrt{10})^2=17+2\sqrt{70}$$

$$(\sqrt{3}+\sqrt{19})^2=22+2\sqrt{57}$$

两个式子都减去 17，得到：

$$2\sqrt{70}和（5+2\sqrt{57}）$$

然后再把两式平方，这时会得到：

$$280 \text{ 和 } (253+20\sqrt{57})$$

再同时减去 253，得到：

$$27 \text{ 和 } 20\sqrt{57}$$

此时可看出，$\sqrt{57} > 2$，那么 $20\sqrt{57} > 40 > 27$，因此

$$\sqrt{3} + \sqrt{19} > \sqrt{7} + \sqrt{10}$$

3. 一看就知道答案的方程

【题目】已知 $x^{x^3}=3$，x 等于多少？

【解答】熟知代数符号的人，很容易就能看出：

$$x=\sqrt[3]{3}$$

检验一下，当 $x=\sqrt[3]{3}$ 时，

$$x^3=(\sqrt[3]{3})^3=3$$

所以

$$x^{x^3}=x^3=3$$

即 $\sqrt[3]{3}$ 就是所要求的结果。

当然，如果不能一眼看出答案，我们还可以用下面的方法，按部就班地求出未知数，这样会简单易懂一些。

我们假设

$$x^3=y$$

那么

$$x=\sqrt[3]{y}$$

于是方程就变成

$$(\sqrt[3]{y})^y=3$$

等式两边同时做三次方运算，得到：

$$y^y=3^3$$

很明显，$y=3$，因此 $x=\sqrt[3]{y}=\sqrt[3]{3}$。

4.代数喜剧

你相信运用第六种代数运算可以表演一些代数方面的喜剧吗？这是真的，喜剧的内容是 $2 \times 2 = 5$、$2 = 3$ 之类的错误。这类数学表演的迷惑性很强，其中的错因虽然并不复杂，但很不容易发现，而这也正是它逗人的地方。接下来，我们就来表演一下吧！

【题目1】第一场代数喜剧："$2 = 3$"。

一个无可争辩的等式先在台上出现：

$$4-10=9-15$$

下面这一幕则是在等式的两边同时加上 $6\frac{1}{4}$：

$$4-10+6\frac{1}{4}=9-15+6\frac{1}{4}$$

再对这个等式稍作变化：

$$2^2-2 \times 2 \times \frac{5}{2}+\left(\frac{5}{2}\right)^2=3^2-2 \times 3 \times \frac{5}{2}+\left(\frac{5}{2}\right)^2$$

简化可得：

$$\left(2-\frac{5}{2}\right)^2=\left(3-\frac{5}{2}\right)^2$$

将等式两边都开方，就可以得到：

$$2-\frac{5}{2}=3-\frac{5}{2}$$

然后两边再同时加上 $\frac{5}{2}$，就得到下面这个荒谬的等式：

$$2=3$$

那么错误到底出在什么地方呢？

【解答】实际上，错误就隐藏在下面这个结论里面，即由

$$\left(2-\frac{5}{2}\right)^2=\left(3-\frac{5}{2}\right)^2$$

推算出

$$2-\frac{5}{2}=3-\frac{5}{2}$$

其实，从两个数的二次方相等并不能推断出两个数也相等。比方说，我们知道 $(-5)^2=5^2$，但是 -5 并不等于 5。两个数仅符号不相同时，它们的二次方相等。上面这个例子所犯错误就是这种情况：

$$\left(-\frac{1}{2}\right)^2=\left(\frac{1}{2}\right)^2$$

但是 $-\frac{1}{2}$ 与 $\frac{1}{2}$ 是不相同的。

【题目2】如图4所示是另外一场代数喜剧："$2\times2=5$"。

和前面的手法一样，一个毫无疑问的等式先在台上出现：

$$16-36=25-45$$

等式两边再加上一样的数 $20\frac{1}{4}$，从而得出：

$$16-36+20\frac{1}{4}=25-45+20\frac{1}{4}$$

然后进行变换，如下：

$$4^2-2\times4\times\frac{9}{2}+(\frac{9}{2})^2=5^2-2\times5\times\frac{9}{2}+(\frac{9}{2})^2$$

图4

简化一下，得：

$$(4-\frac{9}{2})^2=(5-\frac{9}{2})^2$$

由此，用那个不合理的推论，得出这个结果：

$$4-\frac{9}{2}=5-\frac{9}{2}$$

即 $4=5$，也就是 $2\times2=5$。

对于刚开始学习代数的人来说，在解包含根号的方程时，如果处理得比较草率，那么这些代数喜剧情况就有可能上演。

5. 第七种代数运算

前面我们提到了乘方有两种逆运算，并且介绍了其中的一种，即代数的第六种运算——开方。假设 $a^b=c$，那么求 a 的运算即开方。而求 b 的运算则是另外一种逆运算，即求对数。

关于对数的基本理论，想必有些读者已经在中学课程里有所了解。$a^{\log_a b}$ 这个式子的意义，对于这些读者来说理解起来并不困难。

不难理解，假如用对数的底 a 做乘方运算，乘方的次数是以 a 为底 b 的对数，那么得出的结果必然是 b 本身。

那么对数是为了什么而发明的呢？答案就是为了计算简单而迅速。对数的发明人纳皮尔在讲到他自己的动机时，是这样说的："我要尽我的力量，来免除计算中的困难和繁重工作——许多人正是由于讨厌它们，便不敢学习数学了。"

事实上，对数的出现确实使计算变得容易了许多，简捷了许多。甚至可以说，有些运算假如没有对数的帮助，根本就无法进行，比方说指数的开方。

关于对数的发明，拉普拉斯说得好："对数可把几个月才能完成的计算缩短到在几天内完成，我们可以说，这种方法使天文学家的寿命延长了一倍。"这位大数学家之所以会讲到天文学家，原因就在于他们经常需要做一些特别复杂而费劲的计算。事实上，凡是必须和数字的计算打交道的领域，都能享受到对数带来的便捷。

我们已经习惯于使用对数，将它带给我们的便利看得很平常，以至于难以想象它刚出现时所引起的惊奇和赞叹。

因为发明常用对数而闻名的布里格斯，是和纳皮尔同一时期的人，看到纳皮尔的著作时，他不由得写道："纳皮尔发明的新颖而奇妙的对数，使我能够更高效地用脑和手来工作。我希望今年夏天能见到他，因为我从未读过一本能令我如此喜爱、如此惊异的书。"后来，布里格斯去苏格兰拜访了这位对数的发明人，实现了他的愿望。布里格斯在见面的时候说道："我长途跋涉的唯一目的就是见到你本人，并且想知道，你是靠何等聪明或者天才的头脑才想到这个对天文学妙不可言的方法——对数。可是，我现在更不明白的是，为什么没有人早些把它找到。自从你把它提出来以后，它又好像是多么简单啊。"

6. 对数的竞争者

在发明对数之前，为了提高计算速度，人们发明了一种表，利用这种表可以把乘法转换为减法。这个表是根据下面的恒等式编制出来的：

$$ab=\frac{(a+b)^2}{4}-\frac{(a-b)^2}{4}$$

它的正确性很容易被证明，只要将括号去掉就可以了。

不难看出，利用减法求两个数的乘积，就是用两数之和的平方的四分之一减去两数之差的平方的四分之一。将常用数的平方的四分之一列于表格中，便能用这种方法提高乘法计算的效率。通过这种表，求平方以及求平方根也更为方便。假如与倒数表合起来使用，还可以将除法运算简化。它和对数表比起来，优点就在于用它所得出的结果不是近似的，而是准确的。但是对数表在实际应用中却更具有优势。原因就在于这种表只能应用于两个数的相乘，而对数表却可以解决多个数相乘的问题。除此之外，利用对数表还能够将任何次数的乘方和任何指数——整数或者分数的方根求出来。比方说要计算复利的话，靠四分之一平方表就不行。

即使是这样，在对数表出现之后，各式各样的四分之一平方表还是有出版的。例如 1856 年在法国出版的一张四分之一平方表上就打着这样的广告语："一张从 1 到 10 亿的数字平方表，靠它的帮助可以以极其简单的方法算出两数之积的准确值，比对数表要更加便捷。——亚历山大·科萨尔"如今还有许多人在编制这种表，他们没有想到这种表在很早之前就已经出现了。曾经就有两个发明这种表的人找到我，声称这件东西很新鲜，然而当我告诉他们早在三百多年前就有这种发明时，他们大感惊讶。

另外，对数还有更为年轻的竞争者，即各种技术参考书里的计算用表。这是一些综合性的表，由如下几个部分组成：从 2～1 000 的各数的平方、立方、平方根、立方根、倒数，圆周长度与对应的圆面积。这些表对于多种技术上的计算来说，用起来是很方便的。但是，它们并不是任何计算问题都能够应付，相对来说，对数表的应用范围要广泛得多。

7. 对数表的演化史

以前，学校里用的都是 5 位对数表。但对于一般的技术上的计算来说，4 位对数表就已经够用了。实际上，即使是用 3 位对数表，对大部分技术方面的计算来说也已经足够了，因为日常的测量中很难出现三位以上的有效数字。

第一本常用对数表，是由伦敦的数学家亨利·布里格斯在 1624 年编的14 位对数表。几年以后，荷兰的数学家安特里安·符拉克编出了 10 位对数表。在 1794 年，7 位对数表也出现了。

由此可见，对数表是向着尾数越来越短的方向演化的，其原因就在于，计算的准确程度是不能够超过测量的准确程度的。

在实用性上，尾数的缩短带来两种重要的影响：第一，对数表的篇幅大大地缩小了；第二，它们使用起来更为简便，换句话说，就是利用它们做计算也可以更快。

8. 壮观的对数表

虽然在日常生活和技术领域，3 位和 4 位的对数表就能够满足需要，但是在理论研究领域，就需要有位数极多，甚至比亨利·布里格斯的 14 位还要多得多的对数表。一般情况下，无论用多少位数字都不能将对数完全准确地表示出来，它们大多是无理数。也就是说，大多数对数，不论尾数取多少位，都只是近似数，而且尾数的位数越多，也就越准确。在科研工作中，有时候即使是 14 位对数也还会显得不够精密。不过自纳皮尔发明对数以来，已经有 500 多种对数表陆续问世，研究者在这么多种对数表里面，总可以找到能满足自己要求的。比方说，在 1795 年，法国的卡莱编出了从 2 ～ 1 200中各数的 20 位对数表。至于范围更窄的数，还有更多位数的对数表。如今看来，对数表还真是壮观。

　　下面我们就来了解一下那些对数"巨人"，它们全都是自然对数[①] 而不是常用对数：

- 沃尔弗兰姆的 10 000 以下各数的 48 位对数表；
- 沙尔普的 61 位对数表；
- 帕尔克赫尔斯特的 102 位对数表。

　　最后，还有一个超级壮观的对数表：亚当斯的 260 位对数表。

　　实际上，最后那一种并不是真正的对数表，而只是 2、3、5、7、10 这五个数的自然对数以及一个换算因数——也是 260 位的，用它们可以得到许多常用对数。例如，12 的对数就是 2、2 和 3 的对数的和，其他的可以以此类推。

9. 精彩的速算表演

　　设想这样一个场景：你得知有一位速算专家将在舞台上表演快速心算多位数的高次方根，于是你预先在家里将某个数的 31 次乘方计算好，得到一个 35 位数，准备用这个数去打败那位速算专家。当天，你向专家提出了这个问题：

　　"请你计算出下面这个 35 位数的 31 次方根！我念，你写。"

　　速算专家没等你开口念第一位数字，就已经拿起粉笔将结果"13"写了出来。

　　你简直惊呆了：他还不知道这是个什么数，就能够心算出它的 31 次方根，并且快如闪电。

　　其实，这里面没有什么玄妙之事，关键就在于一个数——13，它的 31 次乘方是一个 35 位数。一个数要是比 13 小，其 31 次乘方就不到 35 位；要是大于 13，其 31 次乘方又会多于 35 位。

　　可是，速算专家又是怎么知道这一点的呢？他又是怎样求出 13 这个数来的呢？不错，他靠的就是对数的帮忙——他将前 15 到 30 个数的 2 位对数

---

　　①　所谓自然对数，是指不以 10 为底，而以常数 e（e ≈ 2.718）为底计算出来的对数。关于这个底，我们会在后面的章节做更多介绍。

牢牢记在心中。乍一看，要牢记这些对数似乎很困难，其实不然，我们可以利用这样一条法则：合数的对数等于它的质因数的对数的和。只要将2、3和7的对数记住了，那么你就已经将前十个数的对数记住了；至于接下来的十个数，你只需要再将四个数（11、13、17、19）的对数记住。

实际上，在这位速算专家的心里，早已经摆好了下面这样的2位对数表：

真数	对数	真数	对数
2	0.30	11	1.04
3	0.48	12	1.08
4	0.60	13	1.11
5	0.70	14	1.15
6	0.78	15	1.18
7	0.85	16	1.20
8	0.90	17	1.23
9	0.95	18	1.26
10	1.00	19	1.28

这个令你惊讶的数学戏法，关键的地方就是：

$$\lg \sqrt[31]{(35\text{位数})} = \frac{34.\cdots}{31}$$

所以，所求的对数的上下限就是 $\frac{34}{31}$ 和 $\frac{34.99}{31}$，也就是在 1.09 与 1.13 之间。

只有一个整数的对数在这个范围之内，那就是 1.11，而它是 13 的对数。如此，结果就求出来了。当然，你还需要思维敏捷，并且熟练掌握技巧，才能把这一切极快地心算出来。可是，从根本上来说，正如我们所见，事情是挺简单的。同样的戏法，你自己也可以变。

比如有人给你出了一道题：将一个20位的数开64次方。

不用询问这个数是什么，你就可以直接宣布开方的结果——根等于2。

事实上，$\lg \sqrt[64]{(20\text{位数})} = \frac{19.\cdots}{64}$，它应该在 $\frac{19}{64}$ 和 $\frac{19.99}{64}$ 之间，也就是在 0.29 与 0.32 之间。只有一个整数的对数在这一范围内，就是 2，它的对数是 0.30。

你甚至还可以告诉他，他打算念给你听的那个数就是著名的关于"国际象棋"的数：

$$2^{64}=18\ 446\ 744\ 073\ 709\ 551\ 616$$

10. 饲养场里的对数

在出题之前，我们先来了解一下什么是"维持饲料"。所谓"维持饲料"，就是只够满足有机体的体温消耗、内部器官活动、死去细胞补充等需要的最低分量的饲料，其需求量与牲畜身体的表面积成正比。

【题目】请问一头重 420 千克的公牛的"维持饲料"所能产生的热量是多少卡[①]呢？假设在同一条件下，630 千克重的公牛所需要的热量是 13 500 卡。

【解答】要解决这个牲畜饲养中的实际问题，除了代数外还需要用到几何方面的知识。根据题意，所求热量 x 和牲畜身体表面积 s 成正比，即

$$\frac{x}{13\ 500}=\frac{s}{s_1}$$

式中，s_1 表示的是一头重 630 千克的公牛的身体表面积。根据几何学知识，相似物体的表面积 s 和相应长度 l（如体长、身高）的平方是成正比的，而体积（或者重量）和相应长度的立方是成正比的，因此可以得出：

$$\frac{s}{s_1}=\frac{l^2}{l_1^2},\ \frac{420}{630}=\frac{l^3}{l_1^3}。$$

可得出：

$$\frac{l}{l_1}=\frac{\sqrt[3]{420}}{\sqrt[3]{630}}$$

由此可见：

$$\frac{x}{13\ 500}=\left(\frac{\sqrt[3]{420}}{\sqrt[3]{630}}\right)^2=\sqrt[3]{\left(\frac{420}{630}\right)^2}=\sqrt[3]{\left(\frac{2}{3}\right)^2}$$

所以，

$$x=13\ 500\times\sqrt[3]{\frac{4}{9}}$$

通过查对数表得：

$$x\approx10\ 300（卡）$$

这就是这头公牛需要的最低热量。

---

① 1 卡 ≈ 4.19 焦耳。

11. 音乐中的对数

喜欢数学的音乐家很少，大多数音乐家都对数学抱着敬而远之的心理。但是，即使这些音乐家不能像普希金笔下的沙利尔一样，辨得出"代数的和谐"，他们接触数学的机会也远比他们想象的多，而且还是接触对数这种比较复杂的数学。

一位物理学教授曾在自己的文章里面提到过这一点：

> 我有一位中学同学，喜爱钢琴，却不喜爱数学。他甚至带着轻蔑的口气说，音乐和数学之间没有一点儿相通的地方。他还说："不错，毕达哥拉斯找到了音乐的频率的比，可是你知道，恰恰是毕达哥拉斯的音阶对我们的音乐已经不适用了。"

> 后来，我向他证明了，每次他弹着现代钢琴的时候，他实际上弹的是对数。可以想象，他当时多么难以接受。事实上，在所谓等音程半音音阶中，各"音程"并不是依据音的频率或波长等距离地排列的，而是依据这些数的对数来排列。只是这种对数的底是2，而不是在其他方面更通用的10。

假定最低八度音程我们把它叫作零八度音程的 do 音每秒钟振动 n 次，那么第一八度音程的 do 音每秒钟振动 $2n$ 次，依此类推，第 m 八度音程的 do 音每秒钟振动 $n \cdot 2^m$ 次。又用号码 p 来表示钢琴的半音音阶里的任意一个音，把每一个八度音程的基音 do 作为 0，那么 sol 就是第 7 个，la 就是第 9 个，等等。第 12 个音还是 do，不过高了一个八度。因为在等音程半音音阶里，后一个音的频率是前一个音的频率的 $\sqrt[12]{2}$ 倍，所以任意一个音（第 m 八度音程里第 p 个音）的频率都可以用这个公式表示：

$$N_{pm} = n \times 2^m \left(\sqrt[12]{2} \right)^p$$

将公式的两端各取对数，得出：

$$\lg N_{pm} = \lg n + m \lg 2 + p \times \frac{\lg 2}{12}$$

或

$$\lg N_{pm} = \lg n + \left(m + \frac{p}{12} \right) \lg 2$$

把最低的 do 音的频率取为 1（$n=1$），并且把所有对数都看作是用 2 来做底的，上面的式子就变成：

$$\log_2 N_{pm} = m + \frac{p}{12}$$

由此可以看到，钢琴键盘的号码就是相应音的频率的对数[①]。我们甚至可以说，表示该音在第几八度音程的那个号码（m）是对数的首数，而表示该音在这个八度音程里的次序的号码 p[②]，是对数的尾数。

例如，第三八度音程中的 sol 音，其频率以为 2 底的对数是 $3 + \frac{7}{12}$（≈ 3.583）。因此，它的频率是最低八度音程中的 do 音的频率的 $2^{3.583}$ 倍，就是 11.98 倍。

12. 恒星、噪声和对数

这个标题看起来就像是把一些不相干的东西拉扯在一起了，你一定感觉很奇怪吧。实际上，我们要说的就是恒星与对数的密切联系以及噪声与对数的密切联系。

在这里，之所以将噪声和恒星放在一起讲，是因为噪声的响度和恒星的亮度都是用同一种方式来标示的——使用的都是对数标度。

天文学家依据由视觉辨别出来的亮度，将恒星分成一等星、二等星、三等星等。它们在肉眼中的亮度变化就像是等差级数的各项。然而它们的物理亮度是按照另外一种规律变化的——是一个公比为 $\frac{1}{2.5}$ 的几何级数。不难理解，"星等"就是恒星的物理亮度的对数[③]。例如，相对于三等星来说，一等星的亮度是它的 $2.5^{(3-1)}$ 倍，即 6.25 倍。简而言之，天文学家在量度恒星的视亮度的时候，用的是一种以 2.5 作底数的对数表。

---

① 这个对数需要乘以 12。

② 这个对数需要除以 12。

③ 公元前 2 世纪，古希腊天文学家喜帕恰斯首先提出了"星等"这个概念。星等值越小，星星就越亮。因此，准确地说，星等是负对数，即二等星的亮度是一等星的亮度的 $2.5^{-(2-1)}$，也就是 $\frac{1}{2.5}$。

标示噪声的响度用的是类似的方式。工厂里面的噪声不但有害工人的健康，而且影响劳动效率，这就逼着大家去思考如何用数字标示噪声响度。这种响度的单位称为"贝尔"，在实际中往往使用它的十分之一，即"分贝"。对于我们的耳朵来说，连续的各响度，比如1贝尔、2贝尔、3贝尔……（即10分贝、20分贝、30分贝……），就像是构成了一个等差级数。但实际上，这些噪声的"强度"——更准确地说是能量大小，却构成了一个公比等于10的几何级数。两个噪声的响度只差1贝尔，它们的强度之比其实是1∶10。换句话说，噪声的响度如果用贝尔来表示，恰好与它的强度的常用对数相等。

我们举几个例子，以便于大家理解。

树叶的沙沙声的响度是1贝尔，高声谈话的响度是6.5贝尔，狮子咆哮的响度则是8.7贝尔。由此可以推知，谈话声的强度是树叶沙沙声强度的 $10^{(6.5-1)} = 10^{5.5} \approx 316\,000$ 倍。而狮子的咆哮声的强度又是谈话声的强度的 $10^{(8.7-6.5)} = 10^{2.2} \approx 158$ 倍。

响度大于8贝尔的噪声，被公认为是对人体有害的。在许多工厂里，有10贝尔甚至更大的噪声，比如锤子打在钢板上的噪声就可以达到11贝尔。相比对人体无害的标准来说，这些噪声要强 $100 \sim 1\,000$ 倍。即使是尼亚加拉大瀑布最喧闹的地方，噪声也不过是9贝尔而已，而工厂里的这些噪声比这还强上 $10 \sim 100$ 倍。

我们在衡量恒星的视亮度和噪声的响度的时候，都会遇到存在于主观感觉和客观刺激之间的对数关系，那么这是否是偶然呢？其实不是的，可以将这两种现象都归结为同一定律——"费希纳定律"，它揭示了心理量和物理量之间的对数关系。

所以，我们又可以说，心理学领域也有了对数的身影。

13. 电力照明中的对数

【题目1】在灯丝材料相同的情况下，充气灯泡比真空灯泡更亮，因为这两种灯泡中炽热灯丝的温度是不同的。按照物理学定律，白炽物体发射出来的光线的总量和其绝对温度的 12 次方是成正比的。我们来做一个演算：相比一个灯丝温度是 2 200 开尔文的真空灯泡，一个灯丝温度是 2 500 开尔文的充气灯泡发射出来的光线是前者的多少倍呢？

【解答】将所求的倍数用 x 表示，由此得出方程如下：

$$x = \left(\frac{2\ 500}{2\ 200}\right)^{12} = \left(\frac{25}{22}\right)^{12}$$

从而可得出：

$$\lg x = 12\ (\lg 25 - \lg 22)$$

$$x \approx 4.6$$

也就是说，充气灯泡的亮度是真空灯泡的亮度的 4.6 倍。

【题目 2】如果要把电灯泡的亮度提高一倍，那么需要将其绝对温度提高多少（按百分比计）？

【解答】可以列出方程如下：

$$(1+x)^{12} = 2$$

两边取对数，得到：

$$\lg(1+x) = \frac{\lg 2}{12}$$

最终得到 $x = 6\%$。

【题目 3】如果电灯泡灯丝的绝对温度提高了 1%，那么它的亮度会增大多少（按百分比计）？

【解答】设温度升高后的亮度是之前的 x 倍，则可得：

$$x = 1.01^{12} \approx 1.13$$

所以，亮度增大了 13%。

假如温度提高了 2%，那么得出的结果则是亮度增大了 27%；温度提高 3%，亮度就会增大 43%。

由此就可以理解，为什么电灯泡制造工业要尽力将炽热灯丝的温度提高了。

14. 富兰克林的遗嘱

相信大家都听说过这个传说中的题目——国王奖励给国际象棋发明人的麦粒总数目到底有多大？这个数目是用 2 累乘得出的：在棋盘的第 1 格放 1 粒麦子，第 2 格放 2 粒……以此类推，每一格加一倍，一直到最后一格，也就是第 64 格为止。

然而，即使不每次都加倍，而只用小得多的倍数，数目也会出人意料地迅速变大。比方说，一笔资金，利息按 5% 计算，每年增加到前一年的 1.05 倍。这个增长幅度好像并不是那么显著，但是在过了足够长的时间之后，这笔资金就会变成很大一个数。

这里还有一个有趣的例子——著名的美国政治家富兰克林的一份遗嘱，其内容如下：

> 其中一千英镑赠给波士顿的居民。如果他们接受了这一千英镑，那么这笔钱应该托付给一些挑选出来的公民；他们得把这笔钱按每年百分之五的利率借给一些年轻的手工业者去生息。100 年后，这笔款子会增加到 131 000 英镑。我希望，那时候用其中的 100 000 英镑来建立一所公共建筑物，剩下的 31 000 英镑则拿去继续生息 100 年。到第二个 100 年末，这笔款子会增加到 4 061 000 英镑，其中 1 061 000 英镑还是由波士顿的居民来支配，而其余的 3 000 000 英镑则由马萨诸塞州的公众来管理。此后之事，我就不再多作主张了。

富兰克林留下来的不过 1 000 英镑，但他着手处理的却是几百万英镑。在这里他并没有出现任何错误。通过数学计算可以证实，他的想法是完全可以实现的。1 000 英镑，每年增加到前一年的 1.05 倍，那么过了 100 年就会变成：

$$x = 1\,000 \times 1.05^{100} \ (\text{英镑})$$

我们可以利用对数计算这个算式：

$$\lg x = \lg 1\,000 + 100 \lg 1.05 \approx 5.11893$$

最后可以求出：

$$x \approx 131\ 000$$

得出的结果和遗嘱的内容是完全一样的。然后，到第二个 100 年末，31 000 英镑就会变成：

$$y=31\ 000 \times 1.05^{100}（英镑）$$

还是利用对数来计算，可以求得：

$$y \approx 4\ 076\ 500$$

得出的结果与遗嘱上说的也相差不大。

下面这道题目摘自萨尔蒂科夫·谢德林的《戈洛夫廖夫老爷们》一书，读者可以自己去解出这个问题。

> 波尔菲里·弗拉基米洛维奇坐在自己的办公室里，在一页页纸上算着自己的数字账。一个问题困扰着他：如果妈妈没有把他出生时爷爷给他的 100 卢布握在自己手里，而是以小波尔菲里的名义存在当铺里，他现在该有多少钱呢？倒是不算多，总共 800 卢布。
>
> 假设波尔菲里当时有 50 岁，并且他算的也没错，那么当时当铺的利率是多少呢？

15. 资金的连续增长

在银行中存一笔钱，每年都将利息归并到本金中去。假如一年中归并的次数多一些，由于用来产生利息的数额变大了，所以资金就会增长得更快。

下面举一个很简单的、纯理论的例子：如果有一笔 100 元的款项，年利率等于 100%。假如只在一年结束时才将利息并进本金中，那么 100 元在这时候就变成了 200 元。假如每半年就将利息就并进本金中，一年后 100 元会变成多少？

在半年后，100 元就会增加到：

$$100 \times 1.5=150（元）$$

再过半年，就会增加到：

$$150 \times 1.5 = 225 \text{（元）}$$

假如每隔 $\frac{1}{3}$ 年就归并一次，那么到年底的时候 100 元会变成：

$$100 \times \left(1 + \frac{1}{3}\right)^3 \approx 237.04 \text{（元）}$$

如果归并利息的时间缩短至 0.1 年、0.01 年、0.001 年，那么 100 元在一年后会变成：

$$100 \times 1.1^{10} \approx 259.37 \text{（元）}$$

$$100 \times 1.01^{100} \approx 270.48 \text{（元）}$$

$$100 \times 1.001^{1\,000} \approx 271.69 \text{（元）}$$

归并利息的时间无限地缩短下去，本利之和并不会无限地增大，而是会渐渐地逼近一个极限，大约等于 271.83 元——这在高等数学教材中会给出详细的证明。换言之，按照 100% 的利率，将一笔款项存到银行，即使将每一秒生出来的利息都马上归并到本金中，最终的本利之和也不可能增加到本金的 2.7183 倍以上。

16. 无理数 "e"

在上一节的最后，我们得出一个数——2.7183…。这个数在高等数学中起着很大的作用。甚至，它所起的作用并不亚于著名的数 π，它也有一个专门的记号——e[①]。它是一个无理数，所以不能用有限位的数字准确地表示出来，而只能够利用下面的级数将其近似值求出来。

$$1 + \frac{1}{1} + \frac{1}{1 \times 2} + \frac{1}{1 \times 2 \times 3} + \frac{1}{1 \times 2 \times 3 \times 4} + \frac{1}{1 \times 2 \times 3 \times 4 \times 5} + \cdots$$

通过上面所讨论的资金按复利增长的例子，不难看出，e 是 $\left\{1 + \frac{1}{n}\right\}^n$ 这个式子在 n 趋于无限大的时候的极限。

把 e 当作对数的底是有很多好处的，其中缘由我们不在此详细说明。自然对数表已经广泛地应用于科学技术领域。那些 48 位、61 位、102 位以及 260 位的对数"巨人"——我们之前已经介绍过，就是用 e 作底的。

① 无理数 e 和 π 都是超越数，是不能通过解任何整系数的代数方程求出来的数。

e 时常会在完全预料不到的地方出现。比方说，我们来看看下面这个题目：

数 a 是已知的，将它分成若干部分，假如要使各部分的乘积最大，那么应该如何分呢？

据我们所知，多个数的和一定的时候，必须各数彼此相等，才能使它们的乘积最大。很明显，必须将数 a 分成若干彼此相等的部分。然而到底要分成几等份呢？是分成两等份、三等份还是十等份？利用高等数学的方法可以证明：当分成的每一部分最接近 e 的时候，乘积是最大的。

比如 $a=10$，必须分成若干相等部分，且每一部分都尽可能地接近于 2.718…。先用 a 除以 e，如下：

$$\frac{10}{2.718\cdots}=3.678\cdots$$

显然，将一个数分成 3.678…个相等的部分是行不通的，因此不得不将得出的结果取整数，最接近的整数是 4。所以，假如各部分都等于 $\frac{10}{4}$，也就是 2.5 的话，我们就可以得到 10 的各部分的最大乘积，即

$$(2.5)^{4}=39.0625$$

检验一下，假如将 10 分成 3 个或者 5 个相等部分，得出的乘积都是比较小的：

$$(\frac{10}{3})^{3}\approx 37$$
$$(\frac{10}{5})^{5}=32$$

我们再看一下 $a=20$ 的情况。要想得到它的各部分的最大乘积，就必须将它分成 7 个相等的部分，因为

$$20\div 2.718\cdots\cdots\approx 7$$

若 $a=50$，需要分成 18 等份；若 $a=100$，则需要分成 37 等份。原因同上：

$$50\div 2.71\cdots\cdots\approx 18$$
$$100\div 2.718\cdots\cdots\approx 37$$

在数学、物理学、天文学和其他学科中，e 都有很大的作用。下面所列举的这些问题，在进行数学分析的时候都必须用到 e，而这种问题举不胜举。

气压公式（气压随高度的不同而变化）

　　欧拉公式

　　物体冷却的规律

　　放射性衰变和地球的年龄 ①

　　空气中摆锤的摆动

　　计算火箭速度的齐奥尔科夫斯基公式

　　线圈中的电磁振荡

　　细胞的增殖

　　……

17. 对数喜剧

　　【题目】在上一章已经介绍过一些代数喜剧。作为补充，我们现在再列举一个类似的题目，就是不等式 2 > 3 的"证明"。在此次证明里，对数也扮演了一个角色。下面这个不等式就是这出喜剧的开场：

$$\frac{1}{4} > \frac{1}{8}$$

　　这个不等式确实是正确的，接下来将其变换成下面这种形式：

$$(\frac{1}{2})^2 > (\frac{1}{2})^3$$

　　相信大家对这一步也不会有什么疑问。因为比较大的数的对数也是比较大的，因此：

$$2\lg \frac{1}{2} > 3\lg \frac{1}{2}$$

约去不等式两端的 $\lg \frac{1}{2}$，最后会得出：

$$2 > 3$$

　　这个证明错在什么地方呢？

　　【解答】错误就发生在将 $\lg \frac{1}{2}$ 去掉的时候。由于 $\lg \frac{1}{2}$ 是一个负数，所以将其约去后，">"应变为"<"。当然，我们在取对数的时候，可以不

---

　　① 英国物理学家哈雷是最早尝试用科学方法探究地球年龄的人，他提出通过研究大洋盐度的起源来解决地球年龄问题。到了 20 世纪，科学家发明了同位素地质年龄测定法，这是测定地球年龄的最佳方法，是计算地球历史的标准时钟。地质学家通过放射性元素的衰变计算出岩石的年龄，由此推算出地球以现在的固态形式存在的时间约为 46 亿年。

用 10 作底，而是用比 $\frac{1}{2}$ 小的数 a 作底，那么此时的 $\log_a \frac{1}{2}$ 是就正数了。但是问题又来了，此时我们不能再说比较大的数的对数也是比较大的了。

18. 用三个 2 表示任意数

【题目】这是一道很巧妙的代数题：已知任意一个正整数，用三个 2 和数学符号将其表示出来。

【解答】首先，我们来看一个特例。假设这个已知数是 3，那么就可以这样来解答这个问题，如下：

$$3=-\log_2\log_2\sqrt{\sqrt{\sqrt{2}}}$$

上面这个等式不难证明。实际上，

$$\sqrt{\sqrt{\sqrt{2}}}=[(2^{\frac{1}{2}})^{\frac{1}{2}}]^{\frac{1}{2}}=2^{(\frac{1}{2})^3}=2^{2^{-3}}$$
$$\log_2 2^{2^{-3}}=2^{-3}$$
$$-\log_2 2^{-3}=3$$

假如已知数是 5，我们可以用同样的方法将它表示出来：

$$5=-\log_2\log_2\sqrt{\sqrt{\sqrt{\sqrt{\sqrt{2}}}}}$$

这个题目的一般解法是这样的。假如已知数为 N，那么，

$$N=-\log_2\log_2\underbrace{\sqrt{\sqrt{\cdots\cdots\sqrt{2}}}}_{N\text{层根号}}$$

式子中根号的数目与已知数恰好相等。

第三章 代数的语言

1.列方程的诀窍

代数的语言就是方程。牛顿曾经写道："要解答一个问题——里面含有数量间的抽象关系，只用把题目由日常的语言译成代数的语言就行了。"怎样实现这种翻译？从牛顿举的这个例子中可以学到一些方法。

日常的语言	代数的语言
一个商人有一笔钱	x
第一年他花去了100元	$x-100$
补进去余额的三分之一	$(x-100)+\dfrac{x-100}{3}=\dfrac{4x-400}{3}$
下一年他又花去了100元	$\dfrac{4x-400}{3}-100=\dfrac{4x-700}{3}$
又补进去余额的三分之一	$\dfrac{4x-700}{3}+\dfrac{4x-700}{9}=\dfrac{16x-2\,800}{9}$
第三年他又花去了100元	$\dfrac{16x-2\,800}{9}-100=\dfrac{16x-3\,700}{9}$
之后他还是补上余额的三分之一	$\dfrac{16x-3\,700}{9}+\dfrac{16x-3\,700}{27}=\dfrac{64x-14\,800}{27}$
结果他的钱恰好是原来的两倍	$\dfrac{64x-14\,800}{27}=2x$

解出最后的方程，就知道这个商人原来有多少钱了。

一般来说，由所给的题目列出方程比解方程更困难。现在我们知道，列方程的诀窍就是"把日常的语言翻译成代数的语言"。然而，代数的语言是很简洁的，因此对于日常的语言来说，并不是每一句都能够轻松地译出来。这种翻译上的困难是各式各样的，只要再看看下面这些列方程的例子就能够明白了。

2. 数学家丢番图的年纪

【题目】丢番图是古希腊一位著名的数学家，但是他的生平资料却很少保留下来。现在我们所知道的，都来自他墓碑上的题词——一道数学题目。

日常的语言	代数的语言
过路人！这儿埋着丢番图的骨灰。 下面的题目可以告诉您他寿命有多长	x
他生命的六分之一是幸福的童年	$\dfrac{x}{6}$
再活了生命的十二分之一，颊上长起了细细的胡须	$\dfrac{x}{12}$
丢番图结了婚，还没有孩子，又度过了生命的七分之一	$\dfrac{x}{7}$
再过五年，他感到很幸福，得了头胎儿子	5
可是命运给这孩子在这世界上的光辉灿烂的生命只有他父亲的一半	$\dfrac{x}{2}$
打从儿子死了以后，这老头儿在深深的悲痛中活上四年，也结束了尘世的生涯	$x=\dfrac{x}{6}+\dfrac{x}{12}+\dfrac{x}{7}+5+\dfrac{x}{2}+4$
请您说，丢番图活到多大年纪，才和死神相见？	

【解答】通过解方程可得出 $x=84$。由此，我们也可以得知丢番图的生平如下：他 21 岁长胡须，38 岁时做了爸爸，80 岁时儿子不幸先他而死，84 岁时他本人去世。

3. 马和骡子的问题

【题目】这是一个关于马和骡子的古老问题，很容易就可以从日常的语言翻译成代数的语言。

马和骡子都驮着重重的包裹，并排走着。马抱怨说它的负担过分重了。骡子回答它说："你有什么可抱怨的？你瞧，假如我从你背上拿过来一个包裹，我的负担就是你的两倍。假如你从我背上拿过去一个包裹，你的负担也不过和我的相等。"

聪明的数学家，请你告诉我，马驮的包裹是多少个？骡子驮的包裹又是多少个？

【解答】

假如我从你的背上拿过来一个包裹	$x-1$
我的负担	$y+1$
就是你的两倍	$y+1=2(x-1)$
假如你从我背上拿过去一个包裹	$y-1$
你的负担	$x+1$
也不过和我的相等	$y-1=x+1$

我们将这个问题变成了含两个未知数的方程组，如下：

$$\begin{cases} y+1=2(x-1) \\ y-1=x+1 \end{cases} \Longrightarrow \begin{cases} 2x-y=3 \\ y-x=2 \end{cases}$$

可得出：$x=5$，$y=7$。

也就是说，马驮了 5 个包裹，而骡子驮了 7 个包裹。

4. 兄弟四人手中的钱

【题目】兄弟四人一共有 45 元钱。假如老大的钱增加两元，老二的钱减少两元，老三的钱增加到两倍，老四的钱减少到二分之一，这时大家手中的钱是一样的。你知道各人手中有多少钱吗?

【解答】

兄弟四人一共有 45 元钱	$x+y+z+t=45$
假如老大的钱增加两元	$x+2$
老二的钱减少两元	$y-2$
老三的钱增加到两倍	$2z$
老四的钱减少到二分之一	$\dfrac{t}{2}$
这时大家手中的钱是一样的	$x+2=y-2=2z=\dfrac{t}{2}$

将最后这个方程分为三个:

$$x+2=y-2$$
$$x+2=2z$$
$$x+2=\frac{t}{2}$$

由此可以得到:

$$y=x+4, \quad z=\frac{x+2}{2}, \quad t=2x+4$$

在第一个方程中代入这些数值,可得出:

$$x+x+4+\frac{x+2}{2}+2x+4=45$$

所以,$x=8$。然而再依次求出:$y=12$,$z=5$,$t=20$。因此,四兄弟拥有的钱分别是 8 元、12 元、5 元、20 元。

5. 棕榈树上的鸟儿

【题目】11 世纪有位阿拉伯数学家提出这样一个问题:

溪边有两株隔岸相对的棕榈树。其中一株的高度是 30 肘尺[①],另外一株则高 20 肘尺;两株树的树根之间的距离等于 50 肘尺。每株棕榈树的树顶都有停着一只鸟。忽然间,两只鸟都看见两株棕榈树之间的溪面上有一

---

① 肘尺是长度单位,原指肘节到中指尖的长度。

条鱼游了出来，它们马上飞过去捉这条鱼，并且是同一时间到达目标（见图 5）。

图 5

请问，这条鱼出现的地方与那株较高的棕榈树的树根有多远的距离？

【解答】如图 6 所示，通过图解，再利用勾股定理，就可以得出：

$$AB^2=30^2+x^2$$

$$AC^2=20^2+（50-x）^2$$

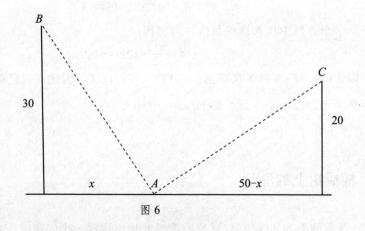

图 6

因为两只鸟飞过这两段距离的时间是相同的，所以 $AB=AC$。因此：

$$30^2+x^2=20^2+（50-x）^2$$

通过简化，可以得到一个一次方程式：

$$100x=2000$$

于是可得：

$$x=20$$

因此，这条鱼出现的地方与那株 30 肘尺高的棕榈树树根的距离为 20 肘尺。

6. 去老中医家的路

【题目】一位老医生对他的朋友说："明天请你到我家来玩。"

"谢谢你。我准备三点就动身。也许你也爱散散步，那么请你在同一时刻出门，我们就可以在半路相遇了。"

"你忘了，我是一个老头儿，一小时最快也就能走 3 千米；你年纪轻轻的，一小时最慢也能走 4 千米。让我少走些路总还说得过去吧。"

"好吧。既然我每小时要比你快上 1 千米，那么，为了和你平衡，就让你这 1 千米，也就是说我早一刻动身。这样可以吗？"

"你太好了！"老医生立刻同意了。

青年人就这么办了，两点三刻准时从家里动身，速度是每小时 4 千米。老医生也在三点整的时候出门，速度是每小时 3 千米。两人相遇后，老医生转身和青年人一道向家中走去。

直到青年人回到自己家的时候，他才恍然大悟，由于这一刻钟的慷慨，他所走的路是老医生的 4 倍，而不是 2 倍。

那么，你知道老医生的家距离青年人的家有多远吗？

【解答】我们设两家的距离为 x（千米）。那么青年人所走的总路程就等于 $2x$，而老医生走的只有青年人的四分之一，也就是 $\frac{x}{2}$。老医生在遇到青年人之前所走的路程是其总路程的一半，也就等于 $\frac{x}{4}$，而青年人走的是剩余的一段距离，也就是 $\frac{3x}{4}$。老医生要花费 $\frac{x}{12}$ 小时走完他这段路，青年人需要花 $\frac{3x}{16}$ 走完剩余一段路。除此之外，我们还知道青年人在路上的时间要比老医生多 $\frac{1}{4}$ 小时。

因此可以列出方程式为

$$\frac{3x}{16} - \frac{x}{12} = \frac{1}{4}$$

从而得出：

$$x=2.4\text{（千米）}$$

所以，青年人的家距离老医生的家 2.4 千米。

7. 割草组有几个人

【题目】托尔斯泰曾经研究过一个问题：

一个割草组要把两片草地上的草割掉。大的一片是小的一片的两倍大。上午人们都在大草地上割草。午后人们分开：一半人留在大草地上，工作到天黑就把草割完了；另一半人到小草地上去割，到天黑还剩下一块，改日由一个人去割，恰好要一天的工夫。

这个割草组有几个人？

【解答】在上面这个题目中，我们除了用 x 来表示割草组的人数外，还需要用到一个辅助的未知数，就是每个人用一天工夫恰好能够割完的那一块草地的面积，我们用 y 来表示它。它能够让我们更容易地求出未知数，尽管题目中未作要求。

首先，用 x 和 y 将大草地的面积表示出来。

上半天有 x 个人一起来割这片草地，他们割了 $x \cdot \dfrac{1}{2} \cdot y = \dfrac{xy}{2}$。

图 7

下半天在这片草地上的人数只有割草组的一半，也就是 $\dfrac{x}{2}$，他们割了

$$\dfrac{x}{2} \cdot \dfrac{1}{2} \cdot y = \dfrac{xy}{4}。$$

由于大草地恰好在天黑时割完，因此它的面积就是

$$\dfrac{xy}{2} + \dfrac{xy}{4} = \dfrac{3xy}{4}$$

其次，我们再用 x 和 y 将小草地的面积表示出来。

在它上面 $\dfrac{x}{2}$ 个人割了半天，割的面积就等于 $\dfrac{x}{2} \cdot \dfrac{1}{2} \cdot y = \dfrac{xy}{4}$。当天还没有割的那一小块，面积恰好等于 y——就是一个人用一天工夫能够割出的面积。由此就得到小草地的面积为

$$\dfrac{xy}{4} + y = \dfrac{xy + 4y}{4}$$

剩下的事情，就是把"大的一片是小的一片的两倍大"这句话翻译成代数语言，从而得出方程：

$$\dfrac{3xy}{4} \div \dfrac{xy+4y}{4} = 2, \quad 即 \dfrac{3xy}{xy+4y} = 2$$

约去公因数 y，这样就消去了辅助的未知数，那么方程就变成了下面的形式：

$$\dfrac{3x}{x+4} = 2, \quad 即 \; 3x = 2x + 8$$

从而得到 $x=8$。

因此这个割草组共有 8 人。

本书第一版出版之后，A.B. 齐格教授给我寄来一封十分有趣的信，其中就谈到了这个问题。按照他的说法，这道题"不是一道代数题，而只是一道简单的算术题，不必用死板的公式去解决它"。

A.B. 齐格教授在信中还说："这道题的来龙去脉是这样的：当时我的父亲和我的叔叔伊·拉耶夫斯基（列夫·托尔斯泰的亲密朋友）同在莫斯科大学数学系读书。在数学系的课程里学不到什么关于教学法的东西，于是学生们就需要到与大学对口的城市公民中学里去实习，与有经验的优秀中学教师合作探讨教学法。在老齐格和伊·拉耶夫斯基的同学里有一位叫彼得罗夫的。据说，他是一个极有天赋和独创性的人（但由于肺痨英年早逝）。他认为课堂上教的算术会毁了学生，使他们惯于用死板的方法解决死板的问题。

为了证明自己的想法，他发明了一套题。这些题因为'毫不僵化'而一下子难住了那些'有经验的出色的中学教师'。但是那些还没有接受过僵化教学的学生反倒轻而易举地解决了它们。这道关于割草的题目就是彼得罗夫所选的题中的一道。那些有经验的教师借助方程当然可以很容易地解决这些问题，但更简单的算术解法却被他们忽略了。"

其实，这道题目可以用算术，而不用代数来解决，而且解决起来还是极为简单的。

由于全组人割半天再加上半组人割半天就可以将大草地割完，那么很显然，半组人半天能割这片大草地的 $\frac{1}{3}$。所以，小草地上留下没有割的一块就等于 $\frac{1}{2} - \frac{1}{3} = \frac{1}{6}$。既然一个人一天就可以割大草地的 $\frac{1}{6}$，而当天割的草地总面积等于 $\frac{6}{6} + \frac{1}{3} = \frac{8}{6}$，因此割草组的人数就等于 8。

托尔斯泰一生就喜欢这类有点变化但又不太难的问题。在听人谈论这道题目时，他觉得特别高兴的是，假如利用图来解决这个题目的话，哪怕是最简陋的图，也可以更为清楚明了（见图 8）。

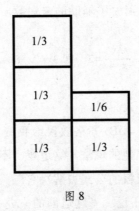

图 8

8. 牛吃草的问题

【题目】牛顿在《普遍算术》中写道："在学习科学的时候，题目比规则还有用些。"因此每当他叙述理论的时候，总会将很多实例放在一起。而在这许多的习题中，有一道关于牧场上的牛吃草的题目，称得上是下面这一类特殊问题的老祖宗了。

"整片牧场上的草长得一样密，一样快。已知 70 头牛在 24 天内能把草吃完，而 30 头牛就得 60 天。如果要在 96 天内把牧场上的草吃完，需要多少头牛？"

正如契诃夫在小说《家庭教师》中所描写的，学生从老师那里接过了这道题目，做题的时候还有两个成年人在旁边帮忙，但是过了好久还是没有解决问题，都感到非常迷惑。

"真奇怪，"其中一个帮忙的人这样说道，"假如在 24 天内，70 头牛把牧场上的草吃完，那么得多少头牛才能把草在 96 天内吃完？当然是 70 的 $\frac{1}{4}$，也就是 $17\frac{1}{2}$ 头牛。这个不行！再来看下一个：30 头牛在 60 天内把草吃完，那么几头牛把草在 96 天内吃完？结果更糟了：$18\frac{3}{4}$ 头牛。还有，既然 70 头牛在 24 天内把草吃完，那么 30 头牛要吃完草就只要 56 天，绝不会像题目里所说的要 60 天。"

"可是你没有把草会一直生长这一点计算进去。"另外一个帮忙的人说道。

这个意见提得正中要害：假如不把草是不停地长着的这一点考虑进去的话，那么不但做不出这道题来，还会觉得连题目的条件都变得自相矛盾了。

那么这个题目要如何来解呢？

图 9

【解答】解决这个题目需要用到一个辅助的未知数，用来表示每天长出的草占牧场上草的总量的比例。设一天长出的草是 y，那么 24 天就长出 $24y$；假定原来草的总量是 1，那么在 24 天里面第一群牛（70 头）所吃掉的草就是：

$$1+24y$$

那么这一群牛一天需要吃掉的草量为：

$$\frac{1+24y}{24}$$

从而一头牛一天要吃掉的草量为：

$$\frac{1+24y}{24\times70}$$

与此相同，因为 30 头牛能在 60 天里吃完同一个牧场上的草，由此可得出，一头牛一天要吃掉的草量等于：

$$\frac{1+60y}{60\times30}$$

然而，两群牛里每一头牛一天应该吃掉的草量是相同的，所以：

$$\frac{1+24y}{24\times70}=\frac{1+60y}{60\times30}$$

可得：

$$y=\frac{1}{480}$$

既然算出了 y——每天长出的草占原有的草量的比例，那么就不难求出，在一天的时间里一头牛吃掉的草占原来草的总量的比例：

$$\frac{1+24y}{24\times70}=\frac{1+24\times\dfrac{1}{480}}{24\times70}=\frac{1}{1\,600}$$

最后，解决这道题的方程就可以列出来了：假设所求牛的头数为 x，那么

$$\frac{1+96\times\dfrac{1}{480}}{96x}=\frac{1}{1600}$$

从而得到：

$$x=20$$

因此，20 头牛会在 96 天里吃完草。

9. 第三片牧场可以饲养多少牛

刚才我们所讨论的题目是模仿牛顿关于牛吃草的题目编出来的，那么现在我们再看一下原题。

【题目】有三片牧场，场上的草不但长得一样密，而且长得一样快。它们的面积分别是 $3\frac{1}{3}$ 公顷、10 公顷以及 24 公顷。第一片牧场上饲养着 12 头牛，可以维持 4 个星期；第二片牧场上饲养着 21 头牛，可以维持 9 个星期。那么第三片牧场上饲养着多少头牛时恰好可以维持 18 个星期？

【解答】首先需要引入一个辅助的未知数 y，表示一个星期内一公顷土地上生长出来的草占原有的草的总量的比例。第一片牧场上，一个星期内所长出的草是一公顷土地上原有的草的总量的 $3\frac{1}{3}y$ 倍，那么四个星期长出来的就是 $3\frac{1}{3}y \times 4 = \frac{40}{3}y$ 倍。这就相当于将原来的面积增大到（$3\frac{1}{3} + \frac{40}{3}y$）公顷。也就是说，被牛吃掉的草，就相当于一片面积是（$3\frac{1}{3} + \frac{40}{3}y$）公顷的牧场上面的草。一个星期的时间，12 头牛吃掉这一份量的 $\frac{1}{4}$，那么 1 头牛一个星期就吃掉它的 $\frac{1}{48}$，就相当于面积为

$$(3\frac{1}{3} + \frac{40}{3}y) \div 48 = \frac{10+40y}{144}$$

公顷的牧场上的草的总量。

根据第二片牧场的已知条件，用同样的方法将能维持一头牛生存一个星期的牧场的面积计算出来：

1 个星期的时间 1 公顷土地上长出的草就等于 y，

9 个星期的时间 1 公顷土地上长出的草就等于 $9y$，

9 个星期的时间 10 公顷土地上长出的草就等于 $90y$。

要想有足够饲养 21 头牛 9 个星期的草，牧场的面积就需要等于（$10+90y$）公顷。

那么，饲养 1 头牛 1 个星期所需的牧场面积就等于

$$\frac{10+90y}{9 \times 21} = \frac{10+90y}{189} \quad （公顷）$$

以上两种饲养标准应该是相同的，因此有：

$$\frac{10+40y}{144} = \frac{10+90y}{189}$$

从而就可以求得 $y = \frac{1}{12}$。

现在可以计算出饲养 1 头牛 1 个星期所需的牧场面积：

$$\frac{10+40y}{144} = \frac{10+40\times\frac{1}{12}}{144} = \frac{5}{54} \text{（公顷）}$$

最后，用 x 表示所求牛的头数，列方程如下：

$$\frac{24+24\times18\times\frac{1}{12}}{18x} = \frac{5}{54}$$

从而得出 $x=36$。

因此，第三片牧场可以饲养 36 头牛 18 个星期。

10. 对调时针和分针

【题目】有一次，著名的物理学家爱因斯坦生病了，他的朋友莫希柯夫斯基出了一道题给他解闷：

"设想表针的位置在 12 点钟。此时如果把长针和短针对调一下，它们所指示的位置还是合理的。但是在别的时候，例如在 6 点钟，将两针对调就成了笑话，这种位置是不可能出现的：当时针指在 12 的时候，分针绝不会指 6。由此引出一个问题：在什么位置的时候两表针可以对调，使得在新位置上仍能指示合理的时间？"

爱因斯坦听完说："这个问题足够有趣而又不太容易，很适合用来打发在病床上的无聊时间。但是它对我作用不大，我已经快要解出来了。"

他从床上坐起来，在纸上勾了几笔，画出一个草图来表示问题的条件（见图 10）。他解决这个问题所需的时间并不比我叙述这个问题所花的时间长。

那么，他到底是如何解决这个问题的呢？

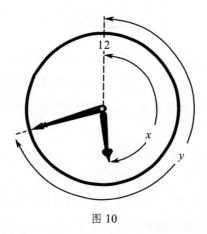

图 10

【解答】以圆周的$\frac{1}{60}$作为单位，对表针在表盘上从 12 点起所走的距离进行度量。

假设我们所求的表针的位置是这么一种情况：从 12 点起，时针走过 x 个刻度，分针则走过 y 个刻度。既然每 12 个小时时针走过 60 个刻度，也就是每小时走过的刻度是 5 个，那么它走过 x 个刻度就需要$\frac{x}{5}$小时。分针走过 y 个刻度需要 y 分钟，即$\frac{y}{60}$小时。也就是说，分针是在$\frac{y}{60}$小时之前经过 12 点的。还可以这样说，两个表针在 12 点那里重合以后又过了$\left(\frac{x}{5}-\frac{y}{60}\right)$小时。

由于$\left(\frac{x}{5}-\frac{y}{60}\right)$表示的是 12 点以后又过去了几个整小时，因此这个数是一个介于 0 到 11 的整数。

如果奖两表针对调，我们可以用同样的方法求出，从 12 点到表针所指示的位置是经过了$\left(\frac{y}{5}-\frac{x}{60}\right)$个整小时。且这个数仍是一个介于 0 到 11 的整数。

我们由此得到如下方程组：

$$\begin{cases} \dfrac{x}{5}-\dfrac{y}{60}=m \\ \dfrac{y}{5}-\dfrac{x}{60}=n \end{cases}$$

方程组中的 m 和 n 表示的是介于 0 到 11 的整数。那么从这个方程组就可得到：

$$x=\frac{60\,(12m+n)}{143}$$

$$y = \frac{60\ (12n+m)}{143}$$

分别将 m 和 n 换成从 0 到 11 的各数，就可以将所求的全部表针位置确定下来。既然 m 与 n 各有 12 个取值，看起来应该有 $12 \times 12 = 144$ 个解。但是实际上，由于在 $m=0$，$n=0$ 和 $m=11$，$n=11$ 的时候，表针指的是同一个位置，因此只有 143 个解。

在 $m=11$，$n=11$ 的时候，我们可得到：

$$x=60,\ y=60$$

这时指的就是 12 点的位置，与 $m=0$，$n=0$ 的时候所指的位置是一样的。

对于全部可能的位置，我们不逐一讨论。我们只看下面这两个例子：

第一个例子：当 $m=1$，$n=1$ 的时候，

$$x = \frac{60 \times 13}{143} = 5\frac{5}{11},\ y = 5\frac{5}{11}$$

这就说明表针所指的位置代表 1 点 $5\frac{5}{11}$ 分，此时两针重合。当然，它们可以彼此对调——所有其他两针重合的情形也是如此。

第二个例子：当 $m=8$，$n=5$ 的时候，

$$x = \frac{60\ (5+12 \times 8)}{143} \approx 42.38$$

$$y = \frac{60\ (8+12 \times 5)}{143} \approx 28.53$$

相应的时刻就是：8 点 28.53 分与 5 点 42.38 分。

我们已知这道题的解的个数是 143 个。把表盘全周做 143 等分，这样就可以找出表盘上所有容许表针对调的点。在其他点上，表针对调是不可能指示合理的时间的。

11. 时针和分针重合的位置

【题目】你知道一个正常走动的表会有多少个时针和分针重合的位置吗？

【解答】我们可以利用解决上一个问题时所推导出来的方程，来解决这个问题——因为时针和分针在重合的时候位置可以对调，相当于什么也没

有改变。两针重合就意味着它们从 12 点起所走的刻度是一样多的，也就是 $x=y$。由此，我们可以根据对前一个问题的分析，建立方程如下：

$$\frac{x}{5} - \frac{x}{60} = m$$

方程中，m 是整数——从 0 到 11。由此可得出：

$$x = \frac{60m}{11}$$

当 $m=11$ 的时候，我们得出 $x=60$，也就是两表针都走了 60 个刻度后，又在 12 点上面停住。这与 $m=0$ 的时候是一样的。所以，我们从 m 的 12 个可能的取值（从 0 到 11）中，只能够得到 11 个位置，而不是 12 个。

12. 猜数游戏

猜数游戏大都采用这样的形式：你先想好一个数，然后依次加上 2，乘以 3，减去 5，再减去你原来所想的数，等等——一般共有五步或者十步。最后，变戏法的人问你得出的结果，并在听了你的回答之后，马上将你原来所想的那个数告诉你。

这种游戏的原理就是解方程。比方说，变戏法的人让你完成的运算程序如下表中左边一栏所示：

想好一个数	x
加上 2	$x+2$
乘以 3	$3x+6$
减去 5	$3x+1$
再减去你原来所想的数	$2x+1$
乘以 2	$4x+2$
减去 1	$4x+1$

最后，变戏法的人让你将计算结果告诉他。在听了你的回答之后，他马上就将你原来所想的数说出来。那么他是如何做到的呢？

关于这一点，只需要看一下上表的右边一栏就完全懂了：变戏法的人将你做的事变成了代数的语言。由这一栏可以看出，如果你想好的数是 x，那么你经过全部运算之后所得出的结果就等于 $4x+1$。知道了这一点，你所想的数也就不难猜出来了。

假如你告诉变戏法的人，你最后所得到的数是 33。这时，变戏法的人通过心算就能很快地将方程 $4x+1=33$ 解出，最后求出 $x=8$。也就是说，用最后的结果减去 1，再将得出的数除以 4，就得到你所想的数。假如你得出的结果是 25，变戏法的人通过心算求出 25-1=24，24÷4=6，然后告诉你，你想的数是 6。

由此可见，这件事情非常简单。

懂得这一点以后，你便可以在朋友面前表演。你甚至还可以改变一下方式，比如让他们自己决定对想好的数做什么性质的运算——最好不要有除法，以免计算过于复杂。这样，可以令你的朋友更加惊奇。例如，他想好的一个数是 5——当然他不会告诉你这个数，接着进行下面的运算，说：

"我想好了一个数，乘以 2，加上 3，然后再加上所想的数；现在我加上 1，乘以 2，将所想的数减去，再减去 3，然后再将所想的数减去，随后减去 2。得出上面的数后我再乘以 2，加上 3。"

他猜想你现在脑子里肯定是一片混乱了，于是很得意地告诉你：

"得出的结果是 49。"

你毫不迟疑地告诉他，他所想的数是 5，这一定会令他目瞪口呆。

那么，你是如何做到的呢？这其实已经相当清楚了。当你的朋友告诉你他对所想的数进行的运算时，你也正通过心算对未知数 x 进行同样的运算。当他对你说"我想好了一个数"时，你就在心中说"这就是说我们有了 x"；当他说"乘以 2"时，你继续默记"现在是 $2x$"；当他说"加上 3"时，你就马上默记"$2x+3$"；以此类推。当他说完全部运算，并认为你的脑子已经一片混乱的时候，你也就得到了如下表所示的结果——左边一栏即你的朋友所说的话，右边一栏则是你通过心算得出的结果。

我想好了一个数	x
乘以 2	$2x$
加上 3	$2x+3$

再加上所想的数	$3x+3$
现在我加上 1	$3x+4$
乘以 2	$6x+8$
将所想的数减去	$5x+8$
减去 3	$5x+5$
再将所想的数减去	$4x+5$
随后减去 2	$4x+3$
得出上面的数后我再乘以 2	$8x+6$
加上 3	$8x+9$

等到他说"得出的结果是 49"时，你也就有了 $8x+9=49$ 这个方程。解这个方程真是一个再简单不过的事情了，所以你可以立刻告诉他，他所想的数是 5。

这个戏法之所以更加神奇，就在于不是由你给出运算规则，而是由你的朋友自己做主。

不过，这个戏法会在一种情况下失灵。比方说，在做了一系列运算以后，你心中得出的结果是 $x+14$。假如这时你的朋友继续说："现在我们减去所想的数，得出的结果是 14。"你就会发现：$(x+14)-x=14$。你没有得到任何方程，因而也就无法将他所想的数猜出来。要是碰到这种情况该怎么办呢？此时你要当机立断，趁他还没有说出最终结果，就将他的话打断："停一下！现在我什么也不问你，就能将你得出的结果说出来——你得出的是 14。"这也会令你的朋友目瞪口呆，因为他什么也没有告诉你呀！在这种情形下，即使你不知道他所想的数，戏法还是很精彩的。

下面就是这样一个例子。和前面一样，左边一栏是你的朋友所说的话。

我想好了一个数	x
加上 2	$x+2$
乘以 2	$2x+4$
现在我加上 3	$2x+7$
减去所想的数	$x+7$

加上 5	$x+12$
然后减去所想的数……	12

就在此时，你得出了 12 这个数，且方程中不再含有未知数 x。因此，你应当立刻打断你朋友的话，告诉他，现在他得出的结果就是 12。

只需要稍加练习，你就可以表演这样的戏法给你的朋友看了。

13. 看起来很荒谬的问题

【题目】假如 $8×8=54$，那么 84 等于什么？这个问题看起来是不是很荒谬？但是这样一个奇怪的问题并非毫无意义，我们可以通过方程将这个题目解出来。

现在，我们尝试着解一下。

【解答】题目里面的各数并不是按照十进制写的。或许你已经猜到这一点了，否则"84 等于什么"这一问题就没有意义了。假定这个未知数的记数法是 x 进制的，那么"84"这个数表示的就是左面一位的 8 个单位加上右面一位的 4 个单位，也就是：

$$"84"=8x+4$$

同理，"54"这个数就可以表示为

$$"54"=5x+4$$

由此得出方程式：

$$8×8=5x+4$$

假如用十进制来写的话，就是：

$$64=5x+4$$

进而就得出 $x=12$。因此，题目里面的各数是按照十二进制写的，所以"84"$=8×12+4=100$。也就是说，假如 $8×8=$"54"，那么"84"$=100$。

对于下面这道同类型的题目，用同样的方法可以解出来：

假如 $5×6=33$，那么 100 等于什么？

答案是 81，题中各数是九进制的。

14. 方程可以替我们思考

【题目】有时候，方程可以帮我们思考问题。你不相信？那就试着解一下下面这道题目：

爸爸的年龄是 32 岁，他有个 5 岁的儿子。在多少年以后，爸爸的年龄会等于儿子年龄的 10 倍。

【解答】将所求的年数设为 x。那么，过了 x 年以后，爸爸的年龄是 $32+x$，儿子的年龄则是 $5+x$。已知那时候爸爸的年龄相当于儿子的年龄的 10 倍，由此可以列出方程如下：

$$32+x=10（5+x）$$

从而得出：$x=-2$。

"-2 年以后"的意思就是"2 年以前"。我们在列方程时，可能并未预想到，爸爸的年龄在未来根本不可能比儿子的年龄大 9 倍，而只有在过去这种关系才能成立。很明显，相比我们来说，方程"想"得更为周密。

15. 古怪的方程

有时候，解方程会遇到一些意外情况，让没有数学经验的人不知道如何处理。

先看第一个例子，求一个两位数，它的性质如下：十位数字比个位数字小 4。假如对调这两个数字的位置，再用所得到的新数减去原数，结果是 27。

我们以 x 表示十位数字，以 y 表示个位数字，很容易就可以列出以下方程组：

$$\begin{cases} x=y-4 \\ （10y+x）-（10x+y）=27 \end{cases}$$

将第一个方程代入第二个方程中，可以得出：

$$10y+y-4-[10（y-4）+y]=27$$

简化后可得：

$$36=27$$

我们没有求出想求的数，却得到36=27，这是什么原因呢？

这就说明不存在符合所给条件的两位数，这两个方程是自相矛盾的。事实上，假如将第一个方程的两边都乘以9，我们就可以得到：

$$9y-9x=36$$

将第二个方程简化后，可得：

$$9y-9x=27$$

我们可以看到，两个方程的左边是一样的，都是$9y-9x$，但是第一个方程的右边是36，第二个方程的右边是27。这种情形是不可能出现的，因为$36 \neq 27$。

在解答下面这组方程的时候也会遇到类似的困难：

$$\begin{cases} x^2y^2=8 \\ xy=4 \end{cases}$$

我们用第二个方程去除第一个方程，就可以得到：

$$xy=2$$

但是，将得出的这个方程与原有的第二个方程一比较，就可以看到：

$$\begin{cases} xy=2 \\ xy=4 \end{cases}$$

即4=2。因此，这个方程组是无解的。

这类没有解的方程组，就叫作"不相容的"或者"矛盾的"的方程组。

再看第二个例子，假如我们将上面第一道题的条件稍作改动，遇到的就会是另外一种意外情形了。假设这个数的十位数字与个位数字相比不是小4，而是小3，其余的条件不变，求一下这个数。

首先列方程。以x表示十位数字，那么个位数字就是$x+3$。将题目译成代数的语言，就成为：

$$10(x+3)+x-[10x+(x+3)]=27$$

将方程化简，就可得到：

$$27=27$$

这个等式是正确的，没有任何问题，但是对于求x的值来说，它却没有告诉我们什么。那这是不是也说明不存在符合条件的数呢？

实际上恰恰相反，我们所列的方程是恒等式——就是不论未知数 x 的值是什么，方程都是正确的。其实，我们不难看出，题目里面所讲的性质，是任何十位数字比个位数字小 3 的两位数都具备的：

$$14+27=41，47+27=74$$

$$25+27=52，58+27=85$$

$$36+27=63，69+27=96$$

第三个例子，要求一个三位数，十位数字是 7，百位数字比个位数字小 4，假如将百位数字与个位数字互换，新数就比原数大 396。

先列方程，假设 x 是个位数字：

$$100x+70+x-4-[100(x-4)+70+x]=396$$

将这个方程化简，可以得到：

$$396=396$$

对于这样的结果，相信读者已经知道如何解释了。它的意思就是，一个三位数，只要它的百位数字比个位数字小 4，那么，在将它的百位数字与个位数字互换以后，新数会比原数大 396。

16. 理发馆中的代数问题

【题目】你看到这个标题时，也许会问：理发馆里也用得着代数吗？是的，这种情形确实是存在的。下面这件事是我在理发馆中亲身经历的：

有一天，我去了一家理发馆，理发师来到我身边，提出了一个让我意想不到的问题：

"你能否帮我们解决一个问题？对于这个问题，我们实在是没有办法对付了。"

另一位插嘴道："为了解决它，已经糟蹋掉很多溶液了。"

我不由得问道："是怎样的一个题目呢？"

"我们这里有浓度分别为 30% 和 3% 的过氧化氢^①的溶液，想将它们混合起来，变成浓度为 12% 的溶液，但是合适的比例就是求不出来。"

他们给了我一张纸，请我算出这个比例来。

【解答】虽然可以用算术方法解决这个题目，但是用代数方法会更为简单快捷。假设配出浓度为 12% 的混合溶液需要用浓度为 3% 的溶液 x 克，浓度为 30% 的溶液 y 克。那么，在前一种溶液里面有 $0.03x$ 克纯净过氧化氢，在后一种溶液中有 $0.3y$ 克纯净过氧化氢，一共等于（$0.03x+0.3y$）克。

同时还可以得出，在（$x+y$）克溶液里面应该有 $0.12(x+y)$ 克纯净过氧化氢。

于是可以得到这么一个方程：

$$0.03x+0.3y=0.12 (x+y)$$

由这个方程可得出 $x=2y$，这就说明在混合时，浓度为 3% 的溶液的量应该是浓度为 30% 的溶液的量的两倍。

17. 电车开出的时间间隔

【题目】我在沿着电车道行走时发现，每隔 12 分钟就有一辆电车从我身后追上我，而每隔 4 分钟则会有一辆电车从对面开过来。已知我和电车都是匀速前进的。

那么，电车从起点站每隔几分钟开出一辆？

【解答】我们假设电车从起点站每隔 x 分钟开出一辆，换句话说，就是在某一辆电车追上我的地方，过了 x 分钟又有一辆电车开到了。假如第二辆电车要追上我，那么它在余下的（$12-x$）分钟里应该开过我在 12 分钟里所走过的路。也就是说，我在 1 分钟里所走的路，电车只需要 $\frac{12-x}{12}$ 分钟即可驶完。

如果电车是从对面开过来的话，那么在上一辆电车开过去后，再过 4 分钟，就会又有一辆开到我面前，而在余下的（$x-4$）分钟里它要开过的路

① 过氧化氢，又称双氧水，在理发店中一般和染膏搭配使用，用来染头发。过氧化氢虽然无毒，但对皮肤有一定的侵蚀作用，能够造成灼烧感和针刺般的疼痛。

就是我在 4 分钟里走过的。所以，我在 1 分钟里所走过的路，电车只需要 $\frac{x-4}{4}$ 分钟即可驶完。

由此可以得到下面的方程：

$$\frac{12-x}{12} = \frac{x-4}{4}$$

从而求出 $x=6$。也就是说，电车每隔 6 分钟就会开出一辆。

还可以用另外一种方法解决这个问题，它实际上是算术的方法。用 a 来表示前后两辆电车间的距离。因为对面刚刚过去的电车和紧跟着它的下一辆电车间的距离为 a，而我和下一辆电车是同时走了 4 分钟的时间，所以可知我和迎面而来的电车之间的距离每分钟缩短 $\frac{a}{4}$。同理，假如电车是从我后面赶来的，那么每分钟我与电车间的距离就缩短 $\frac{a}{12}$。

现在我们这样假定：我先向前走 1 分钟的路，然后立刻转身向回走 1 分钟——也就是我又回到原来的位置。于是，在电车向我迎面开来的第一分钟，我与电车间的距离就缩短了 $\frac{a}{4}$；而在第二分钟——此时这辆电车已经变成从后面追赶我，我们之间的距离缩短了 $\frac{a}{12}$；那么，我和这辆电车间的距离在这两分钟里一共缩短了 $\frac{a}{4} + \frac{a}{12} = \frac{a}{3}$。假如我一直站在原来的位置不动，也是这样的结果，因为我在这期间又回到了原位。这样，假如我在原地不动的话，电车在一分钟里就向我走近了 $\frac{a}{3} \div 2 = \frac{a}{6}$。要走完全部距离 a，它需要用时 6 分钟。换句话说，就是在一个站着不动的观察者面前，每隔 6 分钟就要开过一辆电车。

18. 轮船和木筏

【题目】A、B 两座城沿河而立，B 城位于 A 城的下游。从 A 城到 B 城，轮船在没有停留的情况下走了 5 个小时；返回时为逆流行驶，轮船在没有停留的情况下走了 7 个小时——已知轮船本身的速度和顺流的时候一样。现在请问，乘木筏从 A 城到 B 城需要走多长时间？已知木筏的速度与水流的速度相等。

【解答】现在假设在静水中轮船以本身的速度前进，从 A 城到 B 城需要

的时间是 x 小时，而从 A 城到 B 城木筏所用的时间为 y 小时。那么，轮船在一个小时内走过了两城距离的 $\frac{1}{x}$，木筏（流水）走过了两城距离的 $\frac{1}{y}$。所以，在一个小时内，轮船顺水可走过两城距离的（$\frac{1}{x} + \frac{1}{y}$），而逆水可走过两城距离是（$\frac{1}{x} - \frac{1}{y}$）。从题目中所给的条件可知：轮船顺水行驶时，每小时走过了两城距离的 $\frac{1}{5}$，逆水行驶时，每小时走过了两城距离的 $\frac{1}{7}$。于是就可得出以下方程组：

$$\begin{cases} \dfrac{1}{x} + \dfrac{1}{y} = \dfrac{1}{5} \\ \dfrac{1}{x} - \dfrac{1}{y} = \dfrac{1}{7} \end{cases}$$

这里需要注意，解这个方程组没有必要将分母消去，只要用第一个方程减去第二个方程，就可以得出：

$$\frac{2}{y} = \frac{2}{35}$$

从而得到：

$$y = 35$$

那么，乘木筏从 A 城到 B 城就需要 35 个小时。

19. 两罐咖啡的净重

【题目】有两个用同样的铁皮做成的装满了咖啡的罐子，它们的形状也相同。第一个罐子高 12 厘米，重 2 千克；第二个罐子高 9.5 厘米，重 1 千克。那么每罐咖啡的净重是多少呢？

【解答】我们假设大罐咖啡的净重为 x，小罐咖啡的净重为 y。将两个罐子本身的重量分别设为 z 和 t。于是可以得出下面的方程组：

$$\begin{cases} x + z = 2 \\ y + t = 1 \end{cases}$$

由于两个罐子里面的咖啡净重之比等于体积之比，也就是两个罐子的高的立方之比，因此可得出：

$$\frac{x}{y} = \frac{12^3}{9.5^3} \approx 2.02$$

也就是 $x \approx 2.02y$。

由于两个空罐本身的重量之比等于表面积之比，也就是两个罐子的高的平方之比，因此可得出：

$$\frac{z}{t} = \frac{12^2}{9.5^2} \approx 1.60$$

也就是

$$z \approx 1.60t$$

我们将 x 和 z 的值代入第一个方程里，就可以得到下面这个方程组：

$$\begin{cases} 2.02y+1.60t=2 \\ y+t=1 \end{cases}$$

将这个方程组解出后，就可得到：

$$y \approx 0.95, \ t \approx 0.05$$

所以

$$x \approx 1.92, \ z \approx 0.08$$

那么，大罐咖啡的净重就是约 1.92 千克，小罐的净重则是约 0.95 千克。

20. 晚会上跳舞的男士

【题目】晚会上有 20 个人在跳舞。玛丽亚与 7 个男舞伴一起跳过舞，奥尔加的男舞伴有 8 个，薇拉的男舞伴有 9 个……以此类推，一直到尼娜，她和所有的男舞伴都跳过舞。那么，在晚会上跳舞的男士有多少位呢？

【解答】这道题需要选好未知数。我们不需要管跳舞的男士有多少，只要设跳舞的女士的人数为 x 就可以求解。

第一位女士：玛丽亚和（6+1）个男舞伴跳过舞；

第二位女士：奥尔加和（6+2）个男舞伴跳过舞；

第三位女士：薇拉和（6+3）个男舞伴跳过舞；

……

第 x 位女士：尼娜与（6+x）个男舞伴跳过舞。

由此可得方程式如下：

$$x+ (6+x) =20$$

从而可得出：

$$x=7$$

于是可知，跳舞的男士的人数等于 20-7=13。

21. 海上侦察船

【题目】舰队派出一艘侦察船，去探察在舰队前方 112 千米处的海面。舰队以每小时 56 千米的速度前行。侦察船则是以每小时 112 千米的速度前进。那么这只侦察船需要经过多长时间才能回到舰队里来？

图 11

【解答】将所求的小时数用 x 表示。舰队在这段时间里前进了 $56x$ 千米，侦察船则前进了 $112x$ 千米。侦察船首先行进了 112 千米，接着又转过来行进了这段路程的剩余部分，回到舰队中。那么它们航行的总路程就等于 $112x+56x$，也就是 $2×112$ 公里。由此可得出以下方程：

$$112x+56x=2×112$$

从而得出

$$x= \frac{224}{168} =1 \frac{1}{3} （小时）$$

也就是说，过了 1 小时 20 分钟，侦察船才回到舰队里来。

【题目】侦察船此时得到一个指令，要循着舰队航行的方向在舰队前面执行侦察任务。它必须在 3 个小时后回到舰队里来。假如侦察船以每小时 60 千米的速度前行，而舰队则是以每小时 40 千米的速度前行，那么离开舰队后多长时间，侦察船就得掉转方向呢？

【解答】现在假设侦察船过了 x 小时就需要掉转方向，换句话说，它离开舰队前行 x 小时，然后又向着舰队前行 $3-x$ 小时。在这 x 小时里面，侦察船和舰队拉开的距离就是它们各自航行的路程的差，也就是：

$$60x-40x=20x$$

侦察船在掉转方向之后，朝舰队前行了 $60(3-x)$ 千米，舰队本身行进了 $40(3-x)$ 千米。它们总共航行的路程就是 $20x$ 千米。因此，

$$60(3-x)+40(3-x)=20x$$

从而得出：

$$x=2\frac{1}{2}（小时）$$

也就是说，侦察船应该在离开舰队 2 小时 30 分钟后向后转，驶向舰队。

22. 自行车的速度

【题目】两个人用不变的速度沿着自行车赛场上的圆形跑道向前骑行。当他们向相反的方向骑行的时候，每 10 秒就会相遇一次；假如向着同一方向骑行的话，那么每隔 170 秒就有一人会追上另外一个人。假设这个圆形跑道的长度等于 170 米，那么他们两人的骑行速度各是多少呢？

【解答】我们假设第一个人的骑行速度为 x 米／秒，那么他在相遇后的 10 秒时间里就骑行了 $10x$ 米。与他面对面骑行而来的第二个人，在这 10 秒内就经过了这个圆圈的其余部分，也就是（$170-10x$）米。再假设第二个人的速度为 y 米／秒，那么在 10 秒内就骑行了 $10y$ 米，所以可得出：

$$170-10x=10y$$

这两个人骑行的方向相同时，第一个人在 170 秒的时间里骑行了 $170x$

米，而第二个人则骑行了170y米。假设第一个人要快于第二个人，那么从第一次追上到下一次追上，第一个人比第二个人多骑行了一圈，就可得出：

$$170x-170y=170$$

将这两个方程简化，从而得出：

$$x+y=17, \quad x-y=1$$

由此得到：

$$x=9, \quad y=8$$

23.一场摩托车比赛

【题目】在一场摩托车比赛中，三辆摩托车同时开动。其中，第二辆每小时比第一辆少走15千米，比第三辆多走3千米。而到达终点时，第二辆比第一辆迟到12分钟，比第三辆早到3分钟。已知它们在路上没有停过。

那么，求：

（1）这场比赛的路程有多长？

（2）每辆摩托车的速度是多少？

（3）跑完全部路程，每辆摩托车各需要多少时间？

【解答】题目中要求的未知数有七个，但是在求解的时候，我们只需要用到两个：用两个未知数列出两个方程。

现在假设第二辆摩托车的速度是x千米／时。那么第一辆摩托车的速度就是（$x+15$）千米／时，而第三辆的速度则是（$x-3$）千米／时。

然后再假设路程为y千米，那么跑完这段路程所需要的时间（小时）就可以表示如下：

第一辆：$\dfrac{y}{x+15}$（时）

第二辆：$\dfrac{y}{x}$（时）

第三辆：$\dfrac{y}{x-3}$（时）

据我们所知，第二辆摩托车到终点所用的时间比第一辆多12分钟，也就是多$\dfrac{1}{5}$小时，所以可列出方程如下：

$$\frac{y}{x} - \frac{y}{x+15} = \frac{1}{5}$$

第三辆摩托车到终点所用的时间比第二辆多 3 分钟，也就是多 $\frac{1}{20}$ 小时，因此可以列出方程如下：

$$\frac{y}{x-3} - \frac{y}{x} = \frac{1}{20}$$

将第二个方程两边乘以 4，然后与第一个方程两边相减，可得：

$$\frac{y}{x} - \frac{y}{x+15} - 4\left(\frac{y}{x-3} - \frac{y}{x}\right) = 0$$

将这个方程简化：各项都除以 y（我们已知 y 的值不等于零），再去分母。由此可得到：

$$(x+15)(x-3) - x(x-3) - 4x(x+15) + 4(x+15)(x-3) = 0$$

再去括号，合并同类项，得出：

$$3x - 225 = 0$$

从而得出：

$$x = 75$$

将 $x=75$ 代入第一个方程中，得：

$$\frac{y}{75} - \frac{y}{90} = \frac{1}{5}$$

得出：

$$y = 90$$

那么，三辆摩托车的速度分别是：90 千米／时、75 千米／时、72 千米／时。

比赛全程为 90 千米。

用全程的长度除以每辆摩托车的速度，可得出各辆摩托车跑完全程的时间：

第一辆：1 小时

第二辆：1 小时 12 分钟

第三辆：1 小时 15 分钟

这样，七个未知数就都计算出来了。

24. 汽车的平均速度

【题目】一辆汽车从一个城市出发，以 60 千米／时的速度开往另一城市，然后再以 40 千米 / 时的速度往回开，那么它的平均速度是多少？

【解答】乍一看，这个问题好像很简单，因此很多人就忽略了问题的条件，认为只要求出 60 和 40 的算术平均数，也就是两者之和的一半，就能够将问题解决了，即

$$\frac{60+40}{2} = 50（千米 / 时）$$

假如这辆汽车来回所用的时间相同的话，那么这个"简单"的解答倒是正确的。但是显然，相比去的时候，返回（速度比较低）的时候所花的时间要多一些。我们在考虑到这一点以后，就知道 50 千米 / 时肯定是不正确的答案。

实际上，利用方程来解决这个问题就不难。首先假设一个辅助的未知数，也就是两座城市之间的距离为 l。用 x 表示所要求的平均速度，从而得出方程如下：

$$\frac{2l}{x} = \frac{l}{60} + \frac{l}{40}$$

因为 l 不等于零，因此方程的两边可以同时除以 l，得出：

$$\frac{2}{x} = \frac{1}{60} + \frac{1}{40}$$

从而得到：

$$x = \frac{2}{\frac{1}{60} + \frac{1}{40}} = 48$$

因此，正确的答案是 48 千米 / 时，而不是 50 千米 / 时。

假如将这个题目中的数据用字母来表示，设汽车的去程速度是 a 千米 / 时，回程速度是 b 千米 / 时，那么方程就如下：

$$\frac{2l}{x} = \frac{l}{a} + \frac{l}{b}$$

由此可解出 x 的值为：

$$\frac{2}{\frac{l}{a} + \frac{l}{b}}$$

这实际上就是 a 与 b 的调和平均值。

所以，这类行程问题中的平均速度是用调和平均值，而不是用算术平均值来表示的。a 和 b 是正值的时候，相比它们的算术平均值来说，它们的调和平均值要小一些。就像在上面的例子中所看到的那样——48 小于 50。

第四章 二次方程

1. 到会的人员有多少

【题目】有一个关于会议的统计问题：有一群参加会议的人，如果他们彼此两两握手，则每人一共会握手 66 次，那么请问到会的人员有多少？

【解答】其实，用代数方法来解这道题是十分简单的。我们假设到会人员共有 x 人，每人都握手（$x-1$）次。这就是说，总握手次数好像就应该是 x（$x-1$）。可是有一点需要注意，就是当甲与乙握手的时候，乙同时也与甲握了手，那么这两次握手应该只算一次。因此，总的握手次数实际上只有 x（$x-1$）的一半。

由此，我们可得出方程如下：

$$\frac{x（x-1）}{2}=66$$

简化一下，就得出：

$$x^2-x-132=0$$

利用二次方程求解公式，得到：

$$x=\frac{1\pm\sqrt{1+528}}{2}$$

即

$$x_1=12, \quad x_2=-11$$

在这种情形下，负数解（-11 个人）是没有现实意义的，所以我们只需要用到正数解，那么结果就是：到会人员为 12 人。

2. 蜜蜂的数量

【题目】在古印度经常举行一种特别的竞技比赛——解答数学难题。通常情况下，古印度的数学教材主要就用来帮助相关人员争取这类比赛的优胜。曾经有位这类教材的编者就写道："按这里所讲的方法，聪明的人可以想出一千个其他题目。提出并且解答代数题目的有学问的人，将在大会上遮掩其他人的光芒，就如同太阳的光辉遮掩了众星一样。"这段话在原文中是采用诗歌的形式写出的。事实上，比赛中的题目也采用了诗歌的形式。这里我们摘选其中一个，翻译成白话，大家来看一下：

有一群蜜蜂，一部分飞进枸杞丛里，其只数等于蜂群总数的一半的平方根，留在后面的还有总数的 $\frac{8}{9}$。此外，这群蜜蜂里有一只小蜜蜂在莲花旁边徘徊着，它被一只坠入香花陷阱的同伴的呻吟所吸引。请问这群蜜蜂共有多少只？

【解答】我们用 x 表示这群蜜蜂的总数，那么就可以列出方程如下：

$$\sqrt{\frac{x}{2}} + \frac{8}{9}x + 2 = x$$

我们可以引入辅助未知数，使这个方程的形式变得简单，如下：

$$y = \sqrt{\frac{x}{2}}$$

计算出 $x=2y^2$，代入方程中，就可以得到：

$$y + \frac{16}{9}y^2 + 2 = 2y^2，或 2y^2 - 9y - 18 = 0$$

将方程解出，就可以得出 y 的两个数值：

$$y_1 = 6, \quad y_2 = -\frac{3}{2}$$

相应的 x 的数值就可以求出来：

$$x_1 = 72, \quad x_2 = \frac{8}{9}$$

因为蜜蜂的只数肯定是正整数，所以只有第一个解是符合题意的，即这群蜜蜂一共有 72 只。

我们可以检验一下：

$$\sqrt{\frac{72}{2}} + \frac{8}{9} \times 72 + 2 = 6 + 64 + 2 = 72$$

3. 一群猴子

【题目】我们用诗歌的形式将另一道古印度的代数题目写出来：

一群猴子分两队，

高高兴兴在游戏。

八分之一再平方，

蹦蹦跳跳树林里，

其余十二高声喊，

充满活跃的空气。

告我总数共多少，

两队猴子在一起？

【解答】我们假设猴子的总数等于 x，那么可列出以下方程：

$$\left(\frac{x}{8}\right)^2 + 12 = x$$

由此得出：

$$x_1 = 48, \quad x_2 = 16$$

这个方程得出两个正整数解：猴子的数量可以等于 48，也可以等于 16。而对于这个题目而言，这两个答案都是正确的。

4. 方程的先见之明

在前面所介绍的三个例子中，可以看到这类方程会得出两个解，我们有时会都保留，有时却只留下一个。我们会根据题意来进行相应处理。在第一个例子中，因为负数根不符合题意，所以就舍弃了；在第二个例子中，将分数根舍弃；而在第三个例子中，同时保留了两个根。有时，第二个解的存在会起到意想不到的作用。我们现在就举一个例子看一下。

【题目】将一个皮球向上抛，初速度是 25 米 / 秒，那么它会在多长时间后出现在离抛出点 20 米高的地方？

【解答】在没有任何空气阻力的情况下，对于向上抛的物体，力学确定了下面这个关系：

$$h=vt-\frac{1}{2}gt^2$$

式中，h 表示的是上升高度，v 是初速度，g 是重力加速度，t 是抛出后所经历的时间。

在速度较低时，空气的阻力是很小的，可以忽略不计。在计算时，为了简单一些，我们取 g 等于 10 米 / 秒 ^{2}，而不是 9.8 米 / 秒 ^{2}。将 h、v、g 的数值代入上面的公式，得到方程如下：

$$20=25t-\frac{10t^2}{2}$$

化简可得：

$$t^2-5t+4=0$$

解方程可得：

$$t_1=1, \quad t_2=4$$

方程的解说明皮球有两次出现在 20 米高的地方：第一次是在 1 秒后，第二次是在 4 秒后。

刚看到这两个解时，我们可能会很难相信，并下意识地舍掉第二个解。但是，这样做是不正确的，因为第二个解完全是有意义的。实际上，皮球的确是在 20 米高的地方出现了两次：第一次是在上升的时候，第二次则是在下落的时候。不难算出，皮球以 25 米 / 秒的初速度可以上升的时间是 2.5 秒，到达的最高的地方是 31.25 米。所以，皮球在上升到 20 米高的地方之后，还会再上升 1.5 秒的时间，随后再用同样长的时间下落到 20 米高的地方，然后再经过 1 秒的时间，回到原来被抛出的地点。

5. 欧拉与农妇的鸡蛋

下面这道关于农妇卖鸡蛋的题目出自欧拉的《代数引论》一书。

【题目】两个农妇上集市，一共带着 100 个鸡蛋。两个人的鸡蛋数量不一样，但是卖得的钱却是相等的。于是，第一个农妇对第二个农妇说："假如你把鸡蛋换给我的话，我可以卖出 15 个铜板。"第二个农妇回答说："但是假如你的鸡蛋给我的话，我就只能够卖出 $6\frac{2}{3}$ 个铜板了。"那么，两个人的鸡蛋各有多少个？

【解答】我们假设第一个农妇的鸡蛋数量是 x，那么第二个农妇的鸡蛋数量则是（$100-x$）。根据题意，假如第一个农妇有（$100-x$）个鸡蛋的话，她可以卖出 15 个铜板。这就是说，第一个农妇卖出的每个鸡蛋的价格等于 $\dfrac{15}{(100-x)}$ 个铜板。

对于第二个农妇卖出的每个鸡蛋的价格，我们同样可以求出：$6\frac{2}{3} \div x = \dfrac{20}{3x}$ 个铜板。

那么现在每个农妇的实际所得就可以确定下来：

第一个农妇：$x \times \dfrac{15}{100-x} = \dfrac{15x}{100-x}$；

第二个农妇：（$100-x$）$\times \dfrac{20}{3x} = \dfrac{20(100-x)}{3x}$。

既然两个人卖得的钱是相等的，所以：

$$\frac{15x}{100-x} = \frac{20(100-x)}{3x}$$

经过简化，可得出：

$$x^2+160x-8\,000=0$$

算出：

$$x_1=40, \quad x_2=-200$$

在这道题中，负数根是没有意义的。因此，这道题只有一个解，那就是第一个农妇带了 40 个鸡蛋，第二个农妇带了 60 个鸡蛋。

这道题还有另外一种更为简单的解答方法。这个方法十分简便，但是很难想到。

设第二个农妇所带的鸡蛋的数量是第一个农妇的 k 倍。已知她们卖得的钱一样多，这就是说，第一个农妇的鸡蛋的卖价是第二个农妇的 k 倍。假如两人在卖出所有鸡蛋之前，就互换了鸡蛋，那么第一个农妇的鸡蛋的数量就是第二个农妇的 k 倍，其卖价也是第二个农妇的 k 倍。换句话说，第一个农妇卖蛋所得的钱应该是第二个农妇的 k^2 倍。因此，我们可以列出方程如下：

$$k^2 = 15 \div 6\frac{2}{3} = \frac{45}{20} = \frac{9}{4}$$

所以

$$k = \frac{3}{2}$$

剩下的工作就是将 100 个鸡蛋按 3∶2 的比例分成两份。不难求出，第一个农妇带了 40 个鸡蛋，而第二个农妇带了 60 个鸡蛋。

6. 扩音器的强弱

【题目】在广场上设有 5 个扩音器，分成两组：第一组有 2 个，第二组有 3 个。两组扩音器相距 50 米。那么两组扩音器的声音会在什么地方听起来强弱相同呢？

【解答】如图 12 所示，假设所求的点到 2 个扩音器这一组的距离为 x，那么它和 3 个扩音器这一组的距离就等于 $50-x$。众所周知，声音的强度与距离的平方成反比，因此可以列出方程如下：

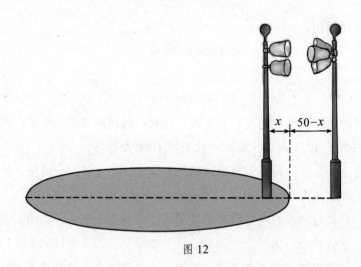

图 12

$$\frac{2}{3} = \frac{x^2}{(50-x)^2}$$

经过简化，得：

$$x^2+200x-5\ 000=0$$

解方程，可以得出两个根：

$$x_1 \approx 22.5, \ \ x_2 \approx -222.5$$

正根的意义很明确：听到的声音强度相等的那个点距离 2 个扩音器这一组 22.5 米，距离 3 个扩音器那一组 27.5 米。

解出的这个负数根所表示的是什么呢？它究竟有没有意义呢？

毫无疑问，它是有意义的。我们通过这个负号就可以知道，听到的声音强度相同的另一点所在的方向和当初列方程时所规定的正方向相反。

沿着这个相反方向，在与 2 个扩音器这一组相距 222.5 米的地方，又找到一个点，在这个点听到的声音强度也是相同的。这个点与 3 个扩音器那组的距离等于 222.5+50=272.5 米。

于是，在连接两组扩音器的直线上，我们找到了两个听到的声音强度相同的点。其余的这种点是在这条直线外，而不在这条直线上。可以证明，满足题目要求的这些点的几何轨迹是一个圆周，这个圆的直径的两端就是我们刚才所找到的那两个点。这个圆周圈出了一个相当大的区域，在这里面，2 个扩音器这一组的声音听起来要比 3 个扩音器那一组的声音强；而在这个圆的外面，能够观察到的现象正好与这相反。

7.飞向月球的代数学

出乎意料的是，前面这道关于扩音器的题目，竟然和控制火箭飞向月球有紧密的联系。对于使火箭精确地落到天空里这样小的目标上，许多人表示担心，认为这是一件特别难的事情：你也知道，月亮的视角度只有 0.5° 而已。我们对这个问题做进一步研究可以发现，只要火箭能够飞过所受地球和月球的引力相等的一点，这种企图就能够达到了，此后在月球的引力作用下，火箭会不可避免地向它飞去。那么我们现在就来找一下这种引力相等的点。

根据牛顿定律，两个物体之间的引力和它们的质量的乘积成正比，而和它们之间的距离的平方成反比。假如地球的质量为 M，火箭和它的距离为 x，那么地球对火箭每克质量的引力就为$\dfrac{Mk}{x^2}$，k表示的是在1厘米距离下，一克质量对一克质量的引力。

与此同时，月亮对处在这一点的火箭每克质量的引力就是

$$\dfrac{mk}{(l-x)^2}$$

式中，m表示月球的质量，l则表示它和地球之间的距离。假设火箭处于地球和月球之间，并且是在两者的连心线上。根据题意可列出方程如下：

$$\dfrac{Mk}{x^2}=\dfrac{mk}{(l-x)^2}$$

简化得：

$$\dfrac{M}{m}=\dfrac{x^2}{l^2-2lx+x^2}$$

天文学家告诉我们，$\dfrac{M}{m}$等于81.5，将其代入上式中就可以得出：

$$\dfrac{x^2}{l^2-2lx+x^2}=81.5$$

化简得：

$$80.5x^2-163lx+81.5l^2=0$$

通过解这个方程，就可得到：

$$x_1\approx0.9l,\quad x_2\approx1.12l$$

与有关扩音器的题目一样，我们能够得到下面的结论：在地球和月球的连心线上，有两个点受到的来自地球和月球的引力相等。其中一个点是在距离地球中心相当于月地距离的$\dfrac{9}{10}$的地方，另一点则是在距离地球中心相当于月地距离的1.12倍的地方。我们已知月地距离约等于384 000千米，那么所求的点，一个距离地球中心346 000千米，另一个则距离地球中心430 000千米。

通过上一节的内容我们知道，以刚刚找到的两个点作为直径两端作一个圆周，在它上面的点全都具有相同的性质（见图13）。假如我们把这个圆周围绕地月连心线旋转一周的话，就画出了一个球面，对于我们这道题目的要求，在这个球面上的点也全都满足。

那么这个球的直径就是：

$$1.12l-0.9l=0.22l\approx84\ 000\text{千米}$$

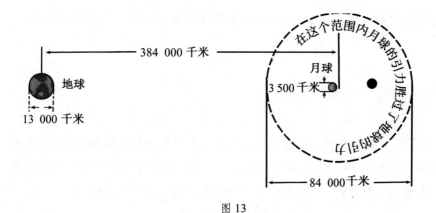

图 13

有这么一种错误的观点流行于读者之中，即只要火箭落入月球的引力范围，它就完全可以飞向月球。乍一看，这个观点仿佛是在说，假如火箭进入了这个引力范围，当然它拥有的速度并不是很大，它就会毫无悬念地落到月球表面，而月球引力在这个范围内一定会"战胜"地球引力。果真如此的话，就会大大简化飞向月球的难题了。这时，我们应该瞄准的是直径长达84 000 千米，占 12°视角的这个球，而不是在天空中直径只占 0.5°视角的月球本身了。

对于这个传言的错误，证明起来也很简单。

我们假设从地球发射了一枚火箭，其速度由于受到地球引力作用而不断降低。假如进入月球引力范围内时，其速度已经降为零了，那么这枚火箭还可以到达月球吗？当然是无论如何也不可能了。下面我们解释一下。

首先，火箭在月球的引力范围内仍受到地球引力的影响，因此它在地月连线以外的地方飞行时，所受各力是遵循平行四边形法则的，即形成了一个合力，而这个合力并不是直接指向月球的（只有火箭刚好处在地月连线上的时候，这个合力才会恰好指向月球中心）。

其次，最关键的是，月球本身并不是一个不动的点。假如我们想知道火箭相对于月球的移动情况——这与火箭能否到达月球的问题密切相关，就需要将火箭相对于月球的速度计算出来。这个相对速度，在月球本身以1 千米 / 秒的速度围绕地球旋转的情况下，是绝不可能等于零的。因此，相对于月球的运动速度来说，火箭的速度需要很大才可以保证月球对火箭有足够的引力，换句话说，就是将火箭作为一颗卫星纳入月球的引力范围。

8. 名画中的"难题"

俄罗斯著名画家波格丹诺夫·别利斯基的名画《拉钦斯基人民学校里的口算课》（见图14）是很多人都熟知的，但对画作中的"难题"做深入研究的人恐怕是不多的。下面就是画作中需要快速口算出来的问题：

$$\frac{10^2+11^2+12^2+13^2+14^2}{365}$$

事实上，这个问题不大容易解决。但是，有一位老师的学生却能够轻而易举地解决它，这位老师就是那张画上所画的人，他叫拉钦斯基，是一位自然科学教授。他自愿放弃了大学教授的职位而来到农村的学校里面当一名普通的教师。他学过口算，对数的性质能够纯熟地运用。画中的这几个数具有一种有趣的特性，那就是：

$$10^2+11^2+12^2=13^2+14^2$$

由此可以算出 100+121+144=365，因此画中那个式子的结果等于 2。

图 14

【题目】像画中这样，五个连续整数构成的数列其中，前三个的平方和与后两个的平方和相等的情况，是唯一的吗？

【解答】用 x 表示所求诸数的第一个，由此就可以列出方程：

$$x^2+ (x+1)^2+ (x+2)^2= (x+3)^2+ (x+4)^2$$

但更为方便的是用 x 表示所求的第二个数，而不是第一个。由此，方程可以转化成较为简单的形式，如下：

$$(x-1)^2+x^2+ (x+1)^2= (x+2)^2+ (x+3)^2$$

化简可得：

$$x^2-10x-11=0$$

由此求出：

$$x_1=11, \quad x_2=-1$$

因此，有两组数列具有上述的性质。拉钦斯基的那组是：

$$10, \ 11, \ 12, \ 13, \ 14$$

另外一组则是：

$$-2, \ -1, \ 0, \ 1, \ 2$$

显然，

$$(-2)^2+ (-1)^2+0^2=1^2+2^2$$

9. 三个相邻的整数

【题目】找出三个具有这种性质的相邻整数：中间的数的平方要比其余两个数的乘积大 1。

【解答】设所求的第一个数为 x，那么就可以得到下面的方程：

$$(x+1)^2=x (x+2)+1$$

经过简化，可以得出：

$$x^2+2x+1=x^2+2x+1$$

可以看出，我们所列出的这个等式是一个恒等式，它并不像方程那样只对某一些数值成立，而是对任何数值都成立。也就是说，任何三个相邻的整数都具有题目所要求的这种特性。我们可以随便想出三个数，比如：

$$17, \ 18, \ 19$$

那么，

$$18^2-17 \times 19=324-323=1$$

假如用 x 表示的是第二个数，那么这种关系的必然性就会表现得更为明显。我们可以得到以下等式：

$$x^2-1= (x+1) (x-1)$$

很显然，这是一个恒等式。

第五章　求解不定方程——丢番图方程

1. 用丢番图方程买衣服

【题目】假如你正在商店里买衣服，需要付款 19 元，但是你身上只有面值两元的钞票，而商店里所有的钞票都是五元的。那么，你该怎样来付款呢？换句话说，为了使商店的收入恰好就是 19 元，你应该给商店几张两元的钞票，而商店应该找给你几张五元的钞票？题目中有两个未知数：两元钞票的张数 x 和五元钞票的张数 y。但是，我们只能列出一个方程：

$$2x-5y=19$$

我们知道，一个方程有两个未知数的时候，可以有无数组解。但是，因为钞票的张数是正整数，要找到同是正整数的 x 和 y 并不容易。这正是代数想要找出方法解决"不定方程"的原因所在。最先将这种方法引到代数中来的是古代大数学家丢番图。

这类方程应该如何解呢？我们可以引用上面的例子来说明。

【解答】我们需要找出方程 $2x-5y=19$ 中 x 和 y 的数值，且已知 x 和 y 都是正整数。

分离出系数较小的未知数项，也就是 $2x$ 项，从而得出：

$$2x=19+5y$$

于是

$$x=\frac{19}{2}+\frac{5y}{2}=9+2y+\frac{1+y}{2}$$

已知 x、9 以及 $2y$ 都是整数，那么上面这个等式要成立，就需要最后一

项 $\dfrac{1+y}{2}$ 也是整数。我们将这一项用 t 来代表，可得出：

$$x=9+2y+t$$

其中

$$t=\dfrac{1+y}{2}$$

所以

$$2t=1+y, \quad y=2t-1$$

将这个 y 的表示式代入前面的 x 的表示式中，可以得出：

$$x=9+2(2t-1)+t=5t+7$$

我们现在考察一下下面这两个式子[1]：

$$\begin{cases} x=5t+7 \\ y=2t-1 \end{cases}$$

很明显，只要 t 是整数，x 和 y 也一定会是整数。但是根据题意，这里的 x 和 y 不但是整数，还必须是正数，即要大于零。因此：

$$\begin{cases} 5t+7>0 \\ 2t-1>0 \end{cases}$$

通过这两个不等式可以得到：

$$5t>-7, \text{ 即 } t>-\dfrac{7}{5}$$

$$2t>1, \text{ 即 } t>\dfrac{1}{2}$$

t 大于 $\dfrac{1}{2}$，当然也就大于 $-\dfrac{7}{5}$，加之 t 是整数，那么我们可以下这个结论：

$$t=1, 2, 3, 4, \cdots$$

相应的 x 和 y 的数值就是：

$$x=7+5t=12, 17, 22, 27, \cdots$$

$$y=2t-1=1, 3, 5, 7, 9, \cdots$$

现在，付款的办法我们已经找到了：

可以付 12 张两元的钞票，找回一张五元的钞票：

$$12\times2-5=19$$

---

[1]　严格地说，我们只证明了方程 $2x-5y=19$ 的所有整数解的形式，即 $x=7+5t$，$y=2t-1$，其中 t 是一个整数。我们并没有证明对任意一整数 t，可以得到已知方程的整数解。不过这一点也很容易证明，只要用相反的顺序进行推导，或者把所得的 x 和 y 的解代入原方程就可以了。

也可以付 17 张两元的钞票，找回 3 张五元的钞票：

$$17×2-3×5=19$$

这个题目在理论上是有无数组解的，但是实际上解的数目是有限的，原因就在于顾客和商店的钞票数目都不是无穷的。例如，在双方都只有 15 张钞票时，付款的方式只有一种，那就是付 12 张两元钞票，找回 1 张五元钞票。由此可见，不定方程在实际中具有确定的解答。

现在，我们将题目稍作改变，读者可以自己来解一解：假如顾客只有五元的钞票，而商店只有两元的钞票。这时，你会得到这样一系列的解：

$$x=5,\ 7,\ 9,\ 11,\ \cdots$$
$$y=3,\ 8,\ 13,\ 18,\ \cdots$$

验证一下：

$$5×5-3×2=19$$
$$7×5-8×2=19$$
$$9×5-13×2=19$$
$$11×5-18×2=19$$
$$\cdots$$

事实上，我们只需要用一点简单的代数方法，就能从针对原始题目已经完成的解答中得出上面的结果。这里，可以将"付款五元"和"找两元"分别理解为"找 -5 元"和"付 -2 元"，所以，可以用原来所列的方程来解这个新题目，即

$$2x-5y=19$$

但是这里要加上一个条件，那就是 x 和 y 都是负数。

由方程组

$$\begin{cases} x=7+5t \\ y=2t-1 \end{cases}$$

就可以得出：

$$\begin{cases} 7+5t < 0 \\ 2t-1 < 0 \end{cases}$$

所以

$$t < -\frac{7}{5}$$

我们取 $t=-2$，-3，-4，-5，…，就可以得出下面这些 x 和 y 的数值：

t	-2	-3	-4	-5
x	-3	-8	-13	-18
y	-5	-7	-9	-11

第一组解"$x=-3$，$y=-5$"表示的是顾客"付 -3 张两元钞票"，而商店"找回 -5 张五元钞票"，转换成寻常的语言，就是"付 5 张五元钞票"和"找回 3 张两元钞票"。用同样的方式还可以解释其他的解。

2. 用丢番图方程盘账

【题目】一个商店在盘查账目的时候，发现有两处记录被涂料遮住了，如图 15 所示。

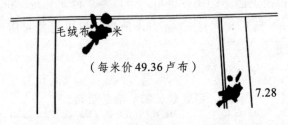

（每米价49.36卢布）

7.28

图 15

显然，不可能为了盘账将已经卖出去的毛绒布再找回来。但是，可以肯定这些数据是相互联系的，利用已知数据进行合理推测，就能将被遮住的部分算出来。

【解答】我们用 x 来表示卖出去的毛绒布米数，那么卖出去的这批毛绒布的总价格用戈比（1 卢布 =100 戈比）来表示就是 $4936x$。

我们再用 y 表示所收金额中被遮住的那 3 个数字（由一般的记账方式可

以看出这一点），那么，所收的金额就可以表示为 1 000y+728（戈比）。

因此可以得到以下等式：

$$4\,936x=1\,000y+728$$

在除以公约数 8 以后，就得到：

$$617x-125y=91$$

在这个等式中，x 和 y 都只能是整数。

由上式可得：

$$125y=617x-91$$

$$y=5x-1+(34-8x)/125=5x-1+2(17-4x)/125$$

由于 y 是一个整数，因此（17-4x）/125 一定是一个整数。我们用 t 来表示（17-4x）/125，可以得出这样的等式：

$$(17-4x)/125=t$$

$$17-4x=125t$$

$$x=4-31t+(1-t)/4$$

我们设 $t_1=(1-t)/4$，那么就可得出：

$$4t_1=1-t$$

$$t=1-4t_1$$

$$x=125t_1-27$$

$$y=617t_1-134$$

我们已知：

$$100 \leqslant y < 1\,000$$

因此

$$100 \leqslant 617t_1-134 < 1\,000$$

由此可得到：

$$t_1 \geqslant 234/617, \quad t_1 < 1\,134/617$$

很明显，t_1 只能是整数 1。进而得知：x=98，y=483。

也就是说，卖出了 98 米毛绒布，所收金额等于 4 837 卢布 28 戈比。至此，数据就被恢复了。

3. 用丢番图方程买邮票

【题目】假设我们买 40 张邮票恰好花了 10 元钱，且已知单张邮票的价格分别是 1 角、4 角和 12 角，那么每种邮票各买了几张呢？

【解答】我们需要设 3 个未知数，列出 2 个方程，如下：

$$\begin{cases} x+4y+12z=100 \\ x+y+z=40 \end{cases}$$

在方程中，x 表示 1 角的邮票的张数，y 表示 4 角的邮票的张数；z 表示 12 角的邮票的张数。

把第一个方程代入第二个方程中，可以得出：

$$3y+11z=60$$

即

$$y=20-11\times z/3$$

很明显，$z/3$ 是一个整数，我们可以用 t 来表示它，得出：

$$y=20-11t$$

$$z=3t$$

将得出的两个等式再代回最初的第二个方程之中，得到：

$$x+20-11t+3t=40$$

所以

$$x=20+8t$$

由于 $x \geq 0$，$y \geq 0$，$z \geq 0$，t 为整数，因此，很容易就可以得出关于 t 的不等式：

$$0 \leq t \leq 1$$

进而可知 $t=0$ 或者 $t=1$。对于 x、y、z 的关系，我们可以列表表示如下：

t	0	1
x	20	28
y	20	9
z	0	3

进行检验：

$$20×1+20×4+0×12=100$$

$$28×1+9×4+3×12=100$$

这就说明，买邮票的方法只有两种。假如每一种邮票都必须买到的话，那就只剩下一种方法了。

4. 用丢番图方程买水果

【题目】假设需要购买三种水果共 100 个（见图 16），总价钱是 5 元。具体价目如下：

西瓜……………………每个 5 角

苹果……………………每个 1 角

李子……………………每个 1 分

那么每种水果需要购买多少个呢？

图 16

【解答】设西瓜的个数为 x，苹果的个数为 y，李子的个数为 z，可以列出下面两个方程：

$$\begin{cases} 50x+10y+z=500 \\ x+y+z=100 \end{cases}$$

用第一个方程减去第二个方程，可以得到一个只含有两个未知数的方程，如下：

$$49x+9y=400$$

接下来的步骤如下：

$$y=\frac{400-49x}{9}=44-5x+\frac{4(1-x)}{9}$$

令 $t=\frac{(1-x)}{9}$，则可得：

$$x=1-9t$$

$$y=44-5(1-9t)+4t=39+49t$$

将 x 和 y 的表示式代入原来的第二个方程中得：

$$1-9t+39+49t+z=100$$

从而得出：

$$z=60-40t$$

因为 x、y、z 均大于 0，所以可以列出不等式如下：

$$1-9t>0,\ 39+49t>0,\ 60-40t>0$$

由此确定：

$$\frac{1}{9}>t>-\frac{39}{49}$$

从而得出 $t=0$。因此：

$$x=1,\ y=39,\ z=60$$

这就说明，除了买 1 个西瓜、39 个苹果和 60 个李子这一种方法，别的搭配方法都是不可行的。

5.猜生日的数学魔术

【题目】假如你将不定方程运用得很熟练，就可以表演下面这个数学魔术。

你可以让你的朋友把他的出生日乘以 12，再把他的出生月份乘以 31，然后告诉你加起来的总数是多少，你就可以推算他的生日是哪天了。

比如你朋友的生日是 2 月 9 日，那么，他先做这样的计算：

$$9\times12=108,\ 2\times31=62$$

$$108+62=170$$

然后，他将 170 这个数告诉你。那么你需要用什么办法来确定他的生日呢？

【解答】实际上，这里需要做的就是解不定方程：$12x+31y=170$。

当然，方程中的 x 和 y 都只能是正整数，并且 x 不会大于 31，y 不会大于 12。

现在我们解一下方程：

$$x=\frac{170-31y}{12}=14-3y+\frac{2+5y}{12}=14-3y+t, \quad t=\frac{2+5y}{12}$$

$$2+5y=12t$$

$$y=\frac{-2+12t}{5}=2t-\frac{2(1-t)}{5}=2t-2t_1, \quad t_1=\frac{1-t}{5}$$

$$1-t=5t_1, \quad t=1-5t_1$$

$$y=2(1-5t_1)-2t_1=2-12t_1$$

$$x=14-3(2-12t_1)+(1-5t_1)=9+31t_1$$

我们已知 $31 \geq x > 0$ 和 $12 \geq y > 0$，因此可以求出 t_1 的数值界限如下：

$$-\frac{9}{31}<t_1<\frac{1}{6}$$

因而得出：

$$t_1=0, \quad x=9, \quad y=2$$

即你朋友的生日是 2 月 9 日。

实际上，这个"戏法"总能成功。换句话说，这个方程总是有且只有一个正整数解。我们可以证明一下。将你朋友告诉你的那个数用 a 表示，那么求他的生日也就是解方程 $12x+31y=a$。

我们在证明的时候采取"反证法"，假设这个方程有 x_1、y_1 和 x_2、y_2 这两组正整数解，其中 x_1 和 x_2 不会大于 31，y_1 和 y_2 不会大于 12。

用第一个等式减去第二个等式，就可以得出：

$$12(x_1-x_2)+31(y_1-y_2)=0$$

由这个等式可以看出，$12(x_1-x_2)$ 可以被 31 整除。由于 x_1 和 x_2 这两个正数不大于 31，因此它们的差 x_1-x_2 应当比 31 小。所以，只有在 $x_1=x_2$ 的时候，$12(x_1-x_2)$ 才能被 31 整除，换句话说，就是第一个解和第二个解重合。因此，假设这个方程有两组不同的解会导致矛盾。

6. 母鸡的价钱

【题目】三姐妹去市场卖母鸡，第一个人带了 10 只，第二个人带了 16 只，第三个人带了 26 只。上午，她们按照同一价格卖出去一部分母鸡。过了中午以后，她们怕卖不完，就将剩余的母鸡降价处理（三个人的价格仍保持一致），全部卖掉了。经过清点，三个人卖了同样多的钱，都是 35 元。

那么，她们在上午和下午各是按照什么价钱卖出母鸡的呢？

【解答】设三个人上午卖出的母鸡分别为 x、y、z 只，下午卖出的母鸡则分别为 $10-x$、$16-y$、$26-z$ 只。然后，再用 m 表示上午的卖价，n 表示下午的卖价。我们将它们用表格表示出来，如下：

时段	卖出的母鸡数量			卖价
上午	x	y	z	m
下午	$10-x$	$16-y$	$26-z$	n

姐妹三人中，第一个人所得金额为 $mx+n(10-x)$，即 $mx+n(10-x)=35$。

第二个人所得金额为 $my+n(16-y)$，即 $my+n(16-y)=35$。

第三个人所得金额为 $mz+n(26-z)$，即 $mz+n(26-z)=35$。

我们把这三个方程变化一下，得：

$$\begin{cases} (m-n)x+10n=35 & ① \\ (m-n)y+16n=35 & ② \\ (m-n)z+26n=35 & ③ \end{cases}$$

用方程③分别减去方程①和方程②，可以得到：

$$\begin{cases} (m-n)(z-x)+16n=0 \\ (m-n)(z-y)+10n=0 \end{cases}$$

即

$$\begin{cases} (m-n)(x-z)=16n & ④ \\ (m-n)(y-z)=10n & ⑤ \end{cases}$$

由方程⑤和方程④可以得出：

$$\frac{x-z}{y-z} = \frac{8}{5}, \quad 即 \quad \frac{x-z}{8} = \frac{y-z}{5}$$

已知 x、y、z 都是整数，那么 $x-z$、$y-z$ 也是整数。因此，为了使等式成立，就必须使 $x-z$ 能被 8 整除，$y-z$ 能被 5 整除。

因此，令

$$\frac{x-z}{8} = t = \frac{y-z}{5}$$

可以得出：

$$x=z+8t$$

$$y=z+5t$$

不难发现，t 不但是整数，而且是正整数，因为 $x > z$，否则第一个人不可能卖得和第三个人一样多的钱。

既然 $x < 10$，那么

$$z+8t < 10$$

在 z 和 t 都是正整数的条件下，只有一组数可以满足上面这个不等式，那就是 $z=1$ 和 $t=1$。

将这两个数值代入方程

$$x=z+8t \text{ 和 } y=z+5t$$

即可求出：$x=9$，$y=6$。

现在将注意力转向最初列出的方程：

$$\begin{cases} mx+n(10-x)=35 \\ my+n(16-y)=35 \\ mz=n(26-z)=35 \end{cases}$$

将所得到的 x、y、z 的值代入，母鸡的卖价就求出来了：

$$m=3\frac{3}{4}元, \quad n=1\frac{1}{4}元$$

因此可以知道，上午每只母鸡卖 3 元 7 角 5 分，而下午每只母鸡只卖 1 元 2 角 5 分。

7.两个数和四种运算

在上一道题中，我们列出了三个方程，其中含有五个未知数，因此我们用了较为特别的解法，而不是按照常规方法来解。对于下面这些涉及二次不定方程的题目，我们也是用同样的方法来解。

【题目】将两个正整数进行四种运算：（1）两数相加；（2）用大的数减去小的数；（3）两数相乘；（4）用小的数去除大的数。将所得的结果相加，得到243这个数。那么，这两个数分别是多少？

【解答】我们设大的数为 x，小的数为 y，那么可以列出如下方程：

$$(x+y)+(x-y)+xy+\frac{x}{y}=243$$

将这个方程两边同时乘以 y，然后去括号，合并同类项，可以得出：

$$x\ (2y+y^2+1)\ =243y$$

由于 $2y+y^2+1=(y+1)^2$，因此

$$x=\frac{243y}{(y+1)^2}$$

显然，分母 $(y+1)^2$ 要能够整除243，才能够保证 x 是整数。已知 $243=3^5$，因此可以判断，能够整除243的完全平方数只有这几个——1、3^2、9^2，这就说明 $(y+1)^2$ 应该为1、3^2、9^2。由此可以求得 y，y 应该是整数，等于8或者2。

进而可知：

$$x=\frac{243\times8}{81}或\frac{243\times2}{9}$$

因此，要求的数有两组，分别是24和8或者54和2。

8.求矩形的边长

【题目】已知一个矩形的边长是整数。假如其周长在数值上恰好与其面积相等，那么此矩形的边长会是多少呢？

【解答】矩形的边长（长和宽）可以用 x 和 y 来表示，由此可列出方

程如下：

$$2x+2y=xy$$

从而得到：

$$x=\frac{2y}{y-2}$$

已知 x 和 y 是正数，因此 $y-2$ 也必须是正数，也就是 y 应该比 2 大。同时，

$$x=\frac{2y}{y-2}=\frac{2\,(y-2)\,+4}{y-2}=2+\frac{4}{y-2}$$

为了保证 x 是整数，$\dfrac{4}{y-2}$ 也应该是整数。既然 $y>2$，那么只有 y=3、4 或者 6 才符合题意。与此相应的 x 的值就是 6、4、3 了。

因此这道题目有两个答案，一个是长和宽分别是 6 和 3 的矩形，一个是边长为 4 的正方形。

9. 超有趣的两位数

【题目】46 和 96 是非常有趣的两个数，对调它们个位和十位的数字，它们的乘积是不会发生变化的。我们试试看：

$$46\times96=4\,416=64\times69$$

那么，是不是还有别的成对的两位数也具有这样的特性呢？如何将它们全部找出来呢？

【解答】我们将所求的数的各位的数字分别设为 x 和 y 以及 z 和 t，由此可以列出方程如下：

$$(10x+y)\,(10z+t)\,=\,(10y+x)\,(10t+z)$$

简化后可以得出：

$$xz=yt$$

等式中的 x、y、z、t 都是正整数且小于 10。为了找出解，我们将有可能的 9 个数字都组成乘积相等的一对对数，如下：

$$1\times4=2\times2,\ 1\times6=2\times3,\ 1\times8=2\times4$$

$$1\times9=3\times3,\ 2\times6=3\times4,\ 2\times8=4\times4$$

$$2×9=3×6, \quad 3×8=4×6, \quad 4×9=6×6$$

这里共有 9 个等式，根据每个等式都可以组成一组或者两组所要求的数。比方说，根据等式 1×4=2×2，我们可以组成的一个解就是：

$$12×42=21×24$$

根据等式 1×6=2×3，我们可以找出两个解：

$$12×63=21×36, \quad 13×62=31×26$$

以此类推，我们一共可以找出 14 个解，如下：

$$12×42=21×24, \quad 23×96=32×69$$
$$12×63=21×36, \quad 24×63=42×36$$
$$12×84=21×48, \quad 24×84=42×48$$
$$13×62=31×26, \quad 26×93=62×39$$
$$13×93=31×39, \quad 34×86=43×68$$
$$14×82=41×28, \quad 36×84=63×48$$
$$23×64=32×46, \quad 46×96=64×69$$

10. 整数勾股弦数

土地测量员在地面上画垂直线的时候，用过一种既方便又精确的方法，如图 17 所示。假设要过 A 点作一条垂直于 MN 的直线。先从 A 点出发，沿着 AM 方向取 B 点，使 $AB=3a$（a 为任意长度）。再拿一根绳子，打三个结，且中间的结和两端的结之间的长度分别为 $4a$ 和 $5a$。最后将绳子两端的结分别固定在 A 点和 B 点，然后抓住中间的结（C 点）拉紧绳子。如此，绳子就构成了一个直角三角形，其中 A 是直角。

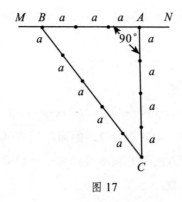

图 17

几千年前，古埃及金字塔的建筑师就已经应用过这个古老的方法，它的原理就是勾股定理：任何一个三角形，假如它的三边长度之比为 3：4：5，那么它一定是一个直角三角形。根据勾股定理可知：

$$3^2+4^2=5^2$$

众所周知，除了 3、4、5 之外，还有无数个正整数 a、b、c 符合下面这个关系式：

$$a^2+b^2=c^2$$

这些数都可以作为直角三角形的边长。其中，a 与 b 被称为"直角边"，也叫作"勾"和"股"，c 被称为"斜边"，也叫作"弦"。

显然，假如 a，b，c 是一组的整数勾股弦数，那么 pa、pb、pc 也是这样的整数勾股弦数，其中 p 是整数。反之，假如一组整数勾股弦数有一个公因数，那么我们就可以用这个公因数去除它们，又会得出一组整数勾股弦数。所以，我们在此只介绍最简单的无公因数的整数勾股弦数，因为其余的都可以由它们乘以整数 p 得出。

每一组整数勾股弦数 a、b、c 中的两条"直角边长"——"勾长"和"股长"，其中一个应该是偶数，另一个是奇数。对于这个问题，我们现在运用反证法来证明一下。假如两条直角边（勾和股）的长度 a 和 b 都是偶数，那么 a^2+b^2 也会是偶数，由此斜边（弦）的长度也会是偶数。但是这个结论与 a、b、c 没有公因数是相互矛盾的，因为三个偶数肯定有一个公因数 2。因此，两条直角边中必须有一条的长度是奇数。

还存在一个可能：两条直角边的长度是奇数，而斜边的长度是偶数。这种情况实际上是不存在的，要证明这一点也不难。事实上，假如两条直角边的长度分别是：

$$2x+1 \text{ 和 } 2y+1$$

那么它们的平方和就应该是：

$$4x^2+4x+1+4y^2+4y+1=4(x^2+x+y^2+y)+2$$

不难看出，这个数被 4 除时会余 2。然而，所有偶数的平方都应该被 4 整除。由此可见，两个奇数的平方和不可能是一个偶数的平方。也就是说，这三个数不是整数勾股弦数。

因此，勾和股中一定存在一个奇数和一个偶数。此时，a^2+b^2 是奇数，即弦 c 是一个奇数。

我们可以假设 a 是奇数，b 是偶数，那么从等式

$$a^2+b^2=c^2$$

中就不难看出：

$$a^2=c^2-b^2=(c+b)(c-b)$$

即等式右边的乘数（$c+b$）与（$c-b$）互为质数。

对此可以证明如下：

这两个数的和、差、积分别为：

$$(c+b)+(c-b)=2c$$
$$(c+b)-(c-b)=2b$$
$$(c+b)(c-b)=c^2-b^2=a^2$$

假设（$c+b$）与（$c-b$）有一个公因数，那么 $2c$、$2b$、a^2 这三个数就都可以被这个公因数整除。由于 a 是奇数，因此这个公因数不可能是 2；那么就说明 a、b、c 中有一个就是公因数，而这又与前面的假设矛盾。这个矛盾就说明（$c+b$）与（$c-b$）互为质数。

我们知道，假如两个互为质数的数的乘积是一个数的平方，那么它们自己也会是一个数的平方，即

$$\begin{cases} (c+b)=m^2 \\ (c-b)=n^2 \end{cases}$$

通过解这个方程组可以得出：

$$c=\frac{m^2+n^2}{2}, \quad b=\frac{m^2-n^2}{2}$$

所以我们所介绍的整数勾股弦数就是：

$$a=mn, \quad b=\frac{m^2-n^2}{2}, \quad c=\frac{m^2+n^2}{2}$$

上面的 m 和 n 是两个互为质数的奇数。

由此不难看出：反过来，基于任意奇数 m 和 n，利用上面的公式就能够得出一组整数勾股弦数 a、b、c。

下面所列出的就是基于不同的 m 和 n 而构造一些整数勾股弦数：

$$m=3, \quad n=1: \quad 3^2+4^2=5^2$$

$$m=5, \quad n=1: \quad 5^2+12^2=13^2$$

$$m=7, \quad n=1: \quad 7^2+24^2=25^2$$

$$m=9, \quad n=1: \quad 9^2+40^2=41^2$$

$$m=11, \quad n=1: \quad 11^2+60^2=61^2$$

$$m=13, \quad n=1: \quad 13^2+84^2=85^2$$

$$m=5, \quad n=3: \quad 15^2+8^2=17^2$$

$$m=7, \quad n=3: \quad 21^2+20^2=29^2$$

$$m=11, \quad n=3: \quad 33^2+56^2=65^2$$

$$m=13, \quad n=3: \quad 39^2+80^2=89^2$$

$$m=7, \quad n=5: \quad 35^2+12^2=37^2$$

$$m=9, \quad n=5: \quad 45^2+28^2=53^2$$

$$m=11, \quad n=5: \quad 55^2+48^2=73^2$$

$$m=13, \quad n=5: \quad 65^2+72^2=97^2$$

$$m=9, \quad n=7: \quad 63^2+16^2=65^2$$

$$m=11, \quad n=7: \quad 77^2+36^2=85^2$$

（其余的整数勾股弦数，不是有公因数，就是含有比 100 大的数。）

11. 三次不定方程

整数 3、4、5、6 具有如下关系：

$$3^3+4^3+5^3=6^3$$

这就意味着，三个边长分别为 3 厘米、4 厘米和 5 厘米的立方体加在一起的体积，同一个边长等于 6 厘米的立方体的体积一样大，如图 18 所示。而据传说，对于这个关系，柏拉图很感兴趣。

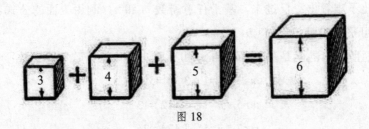

图 18

我们尝试着找一下其他类似的等式，相当于解这样的方程：

$$x^3+y^3+z^3=u^3$$

为了方便起见，我们把未知数 u 用 $-t$ 来表示。此时方程就变成更为简单的形式了，如下：

$$x^3+y^3+z^3+t^3=0$$

我们现在来研究一下求出这个方程的整数解的方法。假设 a、b、c、d 和 α、β、γ、δ 这两组数是可以满足方程的。将后 4 个数乘上 k，与前 4 个数依次对应相加，并且选择恰当的 k 值，使所得到的各数 $a+k\alpha$、$b+k\beta$、$c+k\gamma$、$d+k\delta$ 一样可以满足我们的方程。也就是说，选择合适的 k 值，令下面的等式成立：

$$(a+k\alpha)^3+(b+k\beta)^3+(c+k\gamma)^3+(d+k\delta)^3=0$$

我们已知 a、b、c、d 和 α、β、γ、δ 这两组数是可以满足方程的，也就是可以列出等式：

$$a^3+b^3+c^3+d^3=0, \quad \alpha^3+\beta^3+\gamma^3+\delta^3=0$$

由此可知：

$$3a^2k\alpha+3ak^2\alpha^2+3b^2k\beta+3bk^2\beta^2+3c^2k\gamma+3ck^2\gamma^2+3d^2k\delta+3dk^2\delta^2=0$$

即

$$3k[(a^2\alpha+b^2\beta+c^2\gamma+d^2\delta)+k(a\alpha^2+b\beta^2+c\gamma^2+d\delta^2)]=0$$

多个数相乘时，只要乘数中有一个是 0，那么它们的乘积就等于 0。分别令上面这个等式中的两个相乘项等于 0，由此得到两个 k 值。k 的第一个值等于 0，而这对于我们是没有任何用处的——a、b、c、d 和 0 相加所得的数能够满足我们的方程，这本来就是题目设置的条件。所以，我们取 k 的第二个值：

$$k=-\frac{a^2\alpha+b^2\beta+c^2\gamma+d^2\delta}{a\alpha^2+b\beta^2+c\gamma^2+d\delta^2}$$

所以，一组新的数可以利用已知可以满足方程的两组数求出：把第二组的 4 个数乘上 k，再和第一组的 4 个数对应相加，而 k 值就用上式求出来的。

我们需要知道可以满足方程的两组数，才能够使用这个方法。一组是我们已知的（3，4，5，-6）。那么另一组数需要去哪里找呢？其实，要找到另一组数也不难，可以取 r、$-r$、s、$-s$，很明显，它们可以满足所求方程。也就是说，令：

$$a=3,\ b=4,\ c=5,\ d=-6$$
$$\alpha=r,\ \beta=-r,\ r=s,\ \delta=-s$$

由此不难看出：

$$k=\frac{-7r-11s}{7r^2-s^2}=\frac{7r+11s}{7r^2-s^2}$$

而 $a+k\alpha$、$b+k\beta$、$c+k\gamma$、$d+k\delta$ 分别为：

$$\frac{28r^2+11rs-3s^2}{7r^2-s^2},\quad \frac{21r^2-11rs-4s^2}{7r^2-s^2},$$
$$\frac{35r^2+7rs+6s^2}{7r^2-s^2},\quad \frac{-42r^2-7rs-5s^2}{7r^2-s^2}$$

根据上文所述，这 4 个式子可以满足第一个方程：

$$x^3+y^3+z^3+t^3=0$$

上面 4 个分式，中分母是相同的，因此可以消去。换句话说，上面 4 个式子中的分子也可以满足我们的方程。所以，下列各数——无论 r、s 是多少，也可以满足上面的方程：

$$\begin{cases} x=28r^2+11rs-3s^2 \\ y=21r^2-11rs-4s^2 \\ z=35r^2+7rs+6s^2 \\ t=-42r^2-7rs-5s^2 \end{cases}$$

若给 r 和 s 赋不同的整数值，方程就可以得到一系列的整数解。假如这些解有公因数，那么就可以用公因数去除这些数。比方说，当 $r=1$、$s=1$ 时，x、y、z、t 的值就分别等于 36、6、48、-54，将它们再除以 6，就会得到 6、1、8、-9。检验一下：

$$6^3+1^3+8^3=9^3$$

这样的一系列等式如下（已经过公因式简化）：

$r=1$, $s=2$: $38^3+73^3=17^3+76^3$

$r=1$, $s=3$: $17^3+55^3=24^3+54^3$

$r=1$, $s=5$: $4^3+110^3=67^3+101^3$

$r=1$, $s=4$: $8^3+53^3=29^3+50^3$

$r=1$, $s=-1$: $7^3+14^3+17^3=20^3$

$r=1$, $s=-2$: $2^3+16^3=9^3+15^3$

$r=2$, $s=-1$: $29^3+34^3+44^3=53^3$

……

我们要注意一点，假如把初始的 3、4、5、-6 这四个数或者新得出的一组数中的数对调一下，同样还是用这个方法求解，就可以得到一组全新的解。比方说，取 3、4、5、-6 这四个数，也就是使 $a=3$、$b=5$、$c=4$、$d=-6$，由此得出 x、y、z、t 的值：

$$\begin{cases} x=20r^2+10ys-3s^2 \\ y=12r^2-10ys-5s^2 \\ z=16r^2+8ys+6s^2 \\ t=-24r^2-8ys-4s^2 \end{cases}$$

r 和 s 取不同的值，会得到一系列新的等式，如下：

$r=1$, $s=1$: $9^3+10^3=1^3+12^3$

$r=1$, $s=3$: $23^3+94^3=63^3+84^3$

$r=1$, $s=5$: $5^3+163^3+164^3=206^3$

$r=1$, $s=6$: $7^3+54^3+57^3=70^3$

$r=2$, $s=1$: $23^3+97^3+86^3=116^3$

$r=1$, $s=-3$: $3^3+36^3+37^3=46^3$

……

上面那个不定方程利用这个方法可以得出无数个解。

12. 价值十万马克的定理

证明"费马大定理",是一个在不定方程领域非常有名的题目。有人曾经悬赏十万马克来解决这个题目。

费马大定理的内容如下:两个整数的同次方的和不可能等于第三个整数的同次方,只有二次方是例外。

也就是说,需要证明方程式

$$x^n+y^n=z^n$$

在 $n > 2$ 的时候没有整数解。

由前面的内容可以知道,方程 $x^2+y^2=z^2$、$x^3+y^3+z^3=t^3$ 的整数解,想要多少就有多少。然而,要想找出满足等式 $x^3+y^3=z^3$ 的三个整数却是办不到的。

人们一次又一次地解这个方程,都没有成功。于是,我们毫不怀疑费马大定理的正确性。

自这个命题发表以来,已经过去了三个世纪,然而数学家们至今还没有找到它的证明方法。对于这个问题,许多伟大的数学家都钻研过,但是成果最显著的也只证明这个定理在个别指数下成立。要想完全证明这个定理,必须证明其在任何整数指数下都成立。[①]

还有一件非常奇怪的事情:费马大定理曾经被证明过,然而后来这一证明失传了。费马本人曾说他已经知道了定理的证明方法。他的"大定理"以及其他一些数论定理,只是写在丢番图著作的空白处,并且是以注的形式:

"我已经找到证明这个命题的奇妙方法,但是这里的地方太小写不下。"

为了找到这个证明,有人搜寻过他的书稿或者传抄本,乃至于其他任何地方,但是都没找到。

于是,费马的后继者们只好另辟他径。他们做过很多努力,当然也做出了不少成果:1797 年欧拉证明了费马定理在三次方和四次方时成立,而它的五次方是由勒让德尔在 1823 年证明的;1840 年拉梅和勒贝格则证明了它的七次方。库莫尔在 1849 年证明了这个定理的一大群指数,并且顺便将 100 以下的一切指数证明了。相比费马当时所能掌握的数学知识来说,这些后来者的工作远远地超过了他,因而对于费马究竟是怎么找到该定理的一般

---

① 1994 年,英国数学家安德鲁·怀尔斯完成了对费马大定理的证明

证明的，人们感到很神秘。

　　对费马大定理的历史和现状感兴趣的读者，可以参阅《伟大的费马定理》这本小书。这本小书是由 A. 辛钦编写的，介绍的是这个定理的基本数学原理。

第六章　对算数的证明

1. 可以简化计算工作的代数变化

熟练的计算者通常会利用一些简便的代数变化来简化他们的计算工作。例如，求：

$$988^2$$

就可以这样计算：

$$988 \times 988$$
$$= (988+12) \times (988-12) + 12^2$$
$$= 1\,000 \times 976 + 144$$
$$= 976\,144$$

不难看出，这里所利用的就是代数变换，如下：

$$a^2 = a^2 - b^2 + b^2 = (a+b)(a-b) + b^2$$

我们在做一些运算时，完全可以套用这个公式，比如：

$$27^2 = (27+3)(27-3) + 3^2 = 729$$
$$63^2 = 66 \times 60 + 3^2 = 3\,969$$
$$18^2 = 20 \times 16 + 2^2 = 324$$
$$37^2 = 40 \times 34 + 3^2 = 1\,369$$
$$48^2 = 50 \times 46 + 2^2 = 2\,304$$
$$54^2 = 58 \times 50 + 4^2 = 2\,916$$

再列举一例，可以这样计算 986×997 的乘积：

$$986 \times 997 = (986-3) \times 1\,000 + 3 \times 14 = 983\,042$$

这个算法的依据是什么呢？可以先把乘数写成这样的形式：

$$(1\,000-14)\times(1\,000-3)$$

然后可以按照代数规则把这两个二项式相乘的结果出来：

$$1\,000\times1\,000-1\,000\times14-1\,000\times3+14\times3$$

再变换一下，如下：

$$1\,000\times(1\,000-14)-1\,000\times3+14\times3$$

$$=1\,000\times986-1\,000\times3+14\times3$$

$$=1\,000\times(986-3)+14\times3$$

最后得出的这一行就是刚才用到的算式。

在三位数乘法中，两个这样的三位数相乘很是有趣：十位和百位都一样，而个位之和等于 10。比如：

$$783\times787$$

可以这样计算：

$$78\times79=6\,162,\quad 3\times7=21$$

得出的结果是：

$$616\,221$$

可以从下面的代数变换中看明白这个算法的根据：

$$(780+3)(780+7)$$

$$=780\times780+780\times3+780\times7+3\times7$$

$$=780\times780+780\times10+3\times7$$

$$=780\times(780+10)+3\times7$$

$$=780\times790+21$$

$$=616\,200+21$$

对于这一类乘法，还有一种算法也是很简单的：

$$783\times787=(785-2)\times(785+2)=785^2-4=616\,225-4=616\,221$$

在这个例子中，我们需要求 785 的平方。而下面这个方法对于求末位是 5 的数的平方来说很是方便：

$$35^2:\ 3\times4=12,\ 答案就是\ 1\,225;$$

$$65^2:\ 6\times7=42,\ 答案就是\ 4\,225;$$

$$75^2:\ 7\times8=56,\ 答案就是\ 5\,625;$$

这种方法的计算规则为：先将十位数和比它大 1 的数相乘，再在这个乘积后面写上 25 即可。

用字母表示的话，这个方法是这样的：假如十位数字是 a，那么全数可以写作：

$$10a+5$$

按照二项式平方的公式，这个数的平方就等于：

$$100a^2+100a+25=100a(a+1)+25$$

$a(a+1)$ 这个式子就相当于十位数与比它大 1 的数的乘积。乘以 100 再加上 25，这与在它后面直接写 25 是一样的。

也可以用上面这种方法，将整数后面带一个 $\frac{1}{2}$ 的带分数的平方求出来。比如：

$$(3\frac{1}{2})^2=3.5^2=12.25=12\frac{1}{4}$$

$$(7\frac{1}{2})^2=56\frac{1}{4}$$

$$(8\frac{1}{2})^2=72\frac{1}{4}$$

2. 末位是 1、5、6 的数的乘积

可能你早就注意到了，将末位数同是 1 或者 5 的几个数相乘，所得到的乘积的末位也还是这个数字。拥有同样特性的还有末位是 6 的数——注意到这一点的人就比较少了吧。

例如：

$$46^2=2116,\ 46^3=97\ 336$$

为什么数字 1、5 和 6 会有这样有趣的特性呢？我们可以用代数的方法来证明。

可以将末位是 6 的两个数这样表示：

$$10a+6,\ 10b+6$$

式中的 a 和 b 可以是任何正整数。

两个这样的数的乘积就是：

$$100ab+60b+60a+36$$

$$=10（10ab+6b+6a）+30+6$$

$$=10（10ab+6b+6a+3）+6$$

由此可见，这个乘积是一个由 10 的倍数和 6 所合成的数，其末位肯定是 6。

对于末位是 1 和 5 的数的乘积，也可以用同样的方法证明。

根据上面所介绍的知识，我们可以做出这样的判断：

$$386^{2567}$$ 的末位是 6

$$815^{723}$$ 的末位是 5

$$491^{1732}$$ 的末位是 1

……

3. 末两位是 25、76 的数的乘积

与 1、5、6 具有同样性质的还有两位的数：25 和 76。现在我们就证明一下。一般这类数的表示方法是：

$$100a+76, \quad 100b+76, \quad \cdots$$

这样的两个数相乘，结果为：

$$10\,000ab+7\,600b+7\,600a+5\,776$$

$$=10\,000ab+7\,600b+7\,600a+5\,700+76$$

$$=100(100ab+76b+76a+57)+76$$

这就可以证明，乘积的末两位还是 76。

由此可知，凡是末两位是 76 的数，它的任何次方的末两位也还是 76：

$$376^2=141\,376, \quad 576^3=191\,102\,976, \quad \cdots$$

4. 无限长的 "数"

实际上，还有由更多位数字组成的尾数，在经过连乘后，所得到的乘积中的尾数不变。如前所述，两位数 25 和 76 是具有这种性质的。我们需要在 25 或 76 前面再写上一位数字，才能找出具有同样性质的三位数。

以 76 为例，应该在前面写上一位什么数字呢？我们假设 k 就是要写的这位数字，那么所求的三位数就可以表示为：

$$100k+76$$

以这样的三位数为末位的四位数的一般形式是：

$$1\,000a+100k+76,\ 1\,000b+100k+76,\ \cdots$$

将这种形式的两个数相乘，就可以得出其积为：

$$1\,000\,000ab+100\,000ak+100\,000bk+76\,000a+76\,000b+10\,000k^2+15\,200k+5\,776$$

除了最后两项，其他各项的末三位都是 0。假如

$$(15\,200k+5\,776)-(100k+76)=15\,100k+5\,700=15\,000k+5\,000+100\,(k+7)$$

能够被 1 000 除尽，那么说明乘积的末三位就是（$100k+76$）。很明显，这一假设成立时，$k=3$。于是，所求的数就是 376。所以，376 的任何次方的末三位一定还是 376。

比如：

$$376^2=1\,413\,376$$

假如我们还想找出一个四位数具有这种性质，那么就需要在 376 前面再加上一位数字。假设这位数字为 l，那么题目就变成：当 l 等于多少时，（$10\,000a+1\,000l+376$）（$1\,0000b+1\,000l+376$）的末四位是 $1\,000l+376$？去括号，并将末四位为 0 的各项弃去，剩下的几项则是：

$$752\,000l+141\,376$$

假如：

$$(752\,000l+141\,376)-(1\,000l+376)=751\,000l+141\,000$$

$$=(750\,000l+140\,000)+1\,000(l+1)$$

能够被 10 000 除尽，那么乘积的末四位就是 $1\,000l+376$。很明显，要想该假设成立，需要 $l=9$。

进而可知，我们要求的四位数等于 9 376。

可以在得到的四位数前面再加上一位数字，使其具有同样的性质，具体方法与我们上面所介绍的一样。由此我们得到了五位数 09 376。再做一次，又可以找到六位数 109 376。以此类推，可以得到七位数 7 109 376 等等。

这样的计算可以无限进行下去。最后，我们会得到一个无穷位的数：

$$\cdots 7\ 109\ 376$$

由于这样的数是自右向左写的，而加和乘的运算（竖式运算）也是自右向左进行的，所以它可以按通常的规则进行加和乘的运算。

更有意思的是，这个无限长的数，能够满足方程：

$$x^2 = x$$

这一点看起来是不可能成立的，但实际上，由于这个数的末尾是 76，因此它的平方的末尾也会是 76。又因为同样的原因，这个数的平方的末尾也可以是 376，当然也可以是 9 376，等等。也就是说，在位数为无穷大时，可以认为 $x^2 = x$。

对于末尾是 76 的数，我们已经介绍了。假如用类似的方法来研究末位是 5 的数，我们就可以得到下面这一串数：

5, 25, 625, 0 625, 90 625, 890 625, 2 890 625, …

于是，我们就可以写出一个同样满足 $x^2 = x$ 的无限长的数：

$$\cdots 2\ 890\ 625$$

这个无限长的数等于：

$$(((5^2)^2)^2)^{2\cdots}$$

对于这个有趣的结果，我们可以这么说：方程 $x^2 = x$ 有两个有限位的解，即 $x=0$ 与 $x=1$，此外还有两个无限位的解，那就是：

$$x = \cdots 7\ 109\ 376 \text{ 和 } x = \cdots 2\ 890\ 625$$

5. 卖牛问题中的算数

【题目】古时候，有两个贩卖家畜的商人卖掉了他们共有的一群牛，每头牛的价钱在数值上正好与牛的总数相等。他们用卖牛的钱买了一群羊回来，每只羊的价格是十元，剩下的零头买了一只小羊。两人平分了这些羊：第一个人多分了一只大羊，第二个人分到了那只小羊，且第一个人补给了第二个人一点钱。那么补给的钱应该是多少呢？我们假定补给的钱是整数。

【解答】由于没法将方程列出来，所以这个问题不能直接翻译成代数语言。我们只有通过特殊的途径，也就是要凭借自由的数学思考来解决这个问题。但是，在这里代数还是能够提供重要的帮助。

这群牛的总价格应该是一个完全平方数，其原因就在于它是以每头 n 元的价格卖出 n 头牛所得到的钱数。在题目中指出有一个人多得了一只大羊，由此可见大羊的数量肯定是奇数。又因为大羊的价格是十元每只，所以数 n^2 的十位数字也会是一个奇数。那么其个位数究竟会是多少呢？

我们可以证明，假如一个完全平方数的十位数是一个奇数的话，那么它的个位数就只能是 6。

其实，任何由十位数字 a 和个位数字 b 所构成的数的平方 $(10a+b)^2$ 就等于：

$$100a^2+20ab+b^2=(10a^2+2ab)\times10+b^2$$

这个数的十位数中，有一部分是 $10a^2+2ab$，还有一部分则包含在 b^2 中。但是，$10a^2+2ab$ 是一个偶数。因此可知包含在 b^2 里面的那部分十位数是奇数，只有这样 $(10a+b)^2$ 的十位数才能是奇数。现在我们来想一下，这个 b^2 到底是一个什么样的数呢？实际上，它就是以下十个数字中的一个：

$$0,\ 1,\ 4,\ 9,\ 16,\ 25,\ 36,\ 49,\ 64,\ 81$$

这里面，十位数是奇数的只有 16 和 36，而这两个数的末位都是 6。由此可见，完全平方数 $(100a^2+20ab+b^2)$ 的十位数是一个奇数，只在末位数是 6 的时候才成立。

现在，问题就很容易解决了。很明显，买小羊所花的钱应该是 6 元。相比另一个人来说，分到小羊的这个人亏了 4 元钱。要想公平，另一个人需要补 2 元钱给分到小羊的这个人。

因此，这个问题的最终答案为 2 元钱。

6. 可以被 11 整除的数

怎样才能预先判定一个数能否被另一个数整除呢？事实上，代数可以帮助我们找出一些办法。我们都知道能被 2、3、4、5、6、7、8、9、10 等数整除的判定法。现在我们要找出的是能被 11 整除的判定法，这种方法既简单又实用。

假设有一个多位数 N，它的个位数字用 a 表示，十位数字用 b 表示，百位数字用 c 表示，千位数字用 d 表示，等等，那么可以列式如下：

$$N=a+10b+100c+1\,000d+\cdots$$

$$=a+10(b+10c+100d+\cdots)$$

从 N 中减去 11（$b+10c+100d+\cdots$）——一个 11 的倍数。很明显，所得的差就是

$$a-b-10(c+10d+\cdots)$$

这个数除以 11 所得的余数与 N 除以 11 所得的余数相同。将一个 11 的倍数 $11(c+10d+\cdots)$ 加在这个差上，得出的数等于

$$a-b+c+10(d+\cdots)$$

同样，这个数除以 11 所得到的余数也与 N 除以 11 所得到的余数相同。再用这个数减去一个 11 的倍数 $11(d+\cdots)$，并以此类推。最终我们会得到：

$$a-b+c-d+\cdots=(a+c+\cdots)-(b+d+\cdots)$$

这个数除以 11 所得到的余数仍旧与 N 除以 11 所得到的余数是一样的。

由此我们可得出判断一个数能否被 11 整除的方法：用该数所有奇数位数字的总和减去所有偶数位数字的总和，假如差等于 0，或者是 11 的倍数，那么这个数就能被 11 整除；反之，这个数就不能被 11 整除。

例如，对于 87 635 064 这个数，我们进行试验：

$$8+6+5+6=25$$

$$7+3+0+4=14$$

$$25-14=11$$

这就是说，这个数可以被 11 整除。

另外还有一种判定能被 11 整除的方法，它对于不是很大的数来说用起来是很方便的。这个方法就是：把所有需要判定的数从右到左每两位分成一节，随后将各节相加，假如如此得到的和可以被 11 整除，那么这个数就能被 11 整除，反之则不能。比方说，要判定的数是 528。将这个数分成两节，然后将这两节相加，得出：

$$5+28=33$$

因为 33 可以用 11 除尽，所以 528 是 11 的倍数：

$$528÷11=48$$

对于这个判定法，我们现在来证明一下。将一个多位数 N 按照两位一节分开，从右到左把每节的两位数（或一位数）用 a、b、c 等来表示，那么多位数 N 就可以写成这样的形式：

$$N=a+100b+10\ 000c+\cdots=a+100(b+100c+\cdots)$$

用 N 减去 11 的倍数 99 $(b+100c+\cdots)$，就会得到：

$$a+(b+100c+\cdots)=a+b+100(c+\cdots)$$

这个数除以 11 后得到的余数与 N 除以 11 所得到的余数是一样的。再用这个数减去 11 的倍数 99 $(c+\cdots)$，以此类推。最终我们会得出，数 N 除以 11 所得到的余数同数 $(a+b+c+\cdots)$ 除以 11 所得到的余数是相等的。因此，用这个方法来判定一个数能否被 11 整除是行得通的。

7. 可以被 19 整除的数

【题目】一个数要想被 19 整除，必须具备这样的条件：截去个位数字后加上个位数的两倍，所得出来的数是 19 的倍数。对此应该如何证明？

【解答】任何数 N 都可以用这种形式表示：

$$N=10x+y$$

其中的 x 表示的是这个数里所含的十的倍数，而 y 则表示它的个位数。我们需要证明的一点就是：N 是 19 的倍数的必要且充分的条件为 $N'=x+2y$ 是 19 的倍数。我们用 N' 乘以 10，然后再减去 N，从而得到：

$$10N'-N=10\ (x+2y)-(10x+y)=19y$$

由此可以得出，假如 N' 是 19 的倍数，那么

$$N=10N'-19y$$

也就能够被 19 整除。

反之，假如 N 可以被 19 整除，那么

$$10N'=N+19y$$

就是 19 的倍数。很明显，此时 N' 可以被 19 整除。

下面举一个例子：判定 47 045 881 能否被 19 整除。

根据我们上面所介绍的判定法，按照以下步骤进行分析：

$$
\begin{array}{r|l}
4\ 704\ 588 & 1 \\
\hline
2 & \\
\hline
47\ 045 & 90 \\
\hline
18 & \\
\hline
4\ 706 & 3 \\
\hline
6 & \\
\hline
471 & 2 \\
\hline
4 & \\
\hline
47 & 5 \\
\hline
10 & \\
\hline
5 & 7 \\
\hline
14 & \\
\hline
19 &
\end{array}
$$

显然，19 能够被 19 整除，那么可以推知 57、475、4 712、47 063、470 459、4 704 590、47 045 881 也都是 19 的倍数。

因此，我们所要判定的这个数能够被 19 整除。

8. 找到违规汽车车牌号

【题目】有三名数学系的大学生正在路上行走。他们发现一辆汽车的驾驶员粗暴地违反了交通规则。对于这辆汽车的车牌号码（四位数），他们谁也没有记下来。但是由于他们是学数学的，对于这个四位号码，每个人都注意到了一些特点。其中一个人记得这个号码的前两位数字是相同的，第二个人记得它的最后两位数字也相同，第三个人则记得整个四位数恰好是一个数的平方。那么根据这些条件能够确定汽车的车牌号码吗？

【解答】将所求号码的第一位数字和第二位数字用 a 表示，第三位数字和第四位数字用 b 表示，那么整个数就是：

$$1\,000a+100a+10b+b=1\,100a+11b=11(100a+b)$$

这个数可以被 11 整除，又因为它是一个平方数，所以它一定能被 11^2 整除。也就是说，（$100a+b$）可以被 11 整除。前面介绍了两种判断一个数能否被 11 整除的方法，我们运用其中任何一种都可以得出（$a+b$）能够被 11 整除。又由于 a 和 b 都小于 10，因此只可能是：

$$a+b=11$$

又因为 N 是一个平方数，所以后一个数字只能是下面几个数字中的一个：

$$0,\ 1,\ 4,\ 5,\ 6,\ 9$$

数字 a 等于 $11-b$，所以它可能是下面几个数字中的一个：

$$11,\ 10,\ 7,\ 6,\ 5,\ 2$$

显然，11 和 10 不合题意，那么最后剩下的可能的数字就是：

$$b=4,\ a=7$$
$$b=5,\ a=6$$
$$b=6,\ a=5$$
$$b=9,\ a=2$$

由此可见，该车牌号应该从下面四个数中寻找：

$$7\,744,\ 6\,655,\ 5\,566,\ 2\,299$$

不难发现，后面三个数并不是平方数：6 655 可以被 5 整除，但是不能被 25 整除；5 566 可以被 2 整除，但是不能被 4 整除；2 299=121×19，也不是一个平方数。最后就剩下 7 744=88^2。因此，所要寻找的车牌号就是它。

9. 热尔曼定理

【题目】求证：形式为 a^4+4 的数一定是合数（这里 a 不等于 1）[①]。

【解答】

$$a^4+4$$
$$=a^4+4a^2+4-4a^2$$
$$=(a^2+2)^2-4a^2$$
$$=(a^2+2)^2-(2a)^2$$
$$=(a^2+2-2a)(a^2+2+2a)$$

可见，a^4+4 可以表示为两个因数的乘积，而这两个因数都不等于 1[②]，也不与原数相等，也就是说，它是一个合数。

10. 几个关于素数的问题

所谓素数，就是大于 1 且除了 1 和它本身外不能再被别的数整除的整数，也叫质数，它的个数是无穷的。

（1）素数与合数

2，3，5，7，11，13，17，19，23，29，31…都是素数，这个数列可以无限延伸下去，没有尽头。在这些数之间的数都是合数。自然数列被素数分割为或长或短的合数区段。那么这种区段能有多长呢？例如，是否会接连出现 1 000 个合数而中间没有一个素数呢？

答案是肯定的，素数之间的合数区段有各种长度，要多长有多长。关于这一点，我们是可以证明的，尽管它看起来是不正确的。

---

① 19 世纪法国著名女数学家苏菲·热尔曼发现了 x^4+4 这个式子的这一性质，为了纪念她，人们就把这一定理命名为"热尔曼定理"。

② 如果 $a \neq 1$，则 $a^2+2-2a=(a^2-2a+1)+1=(a-1)^2+1 \neq 1$。

为了方便，我们在此引入阶乘符号 $n!$ ，它所表示的就是从 1 到 n 这 n 个整数的连乘积。比如，$5! =1 \cdot 2 \cdot 3 \cdot 4 \cdot 5$。现在我们所要证明的就是数列 $[(n+1)!+2]$，$[(n+1)!+3]$，$[(n+1)!+4]$，…，$[(n+1)!+n+1]$ 是 n 个连续的合数。

由于每一个数都比前一个数大 1，所以这些数都是按照自然数列排列的。现在需要证明的就是它们都是合数。

第一个数：$(n+1)!+2=1 \cdot 2 \cdot 3 \cdot 4 \cdot 5 \cdot 6 \cdot 7 \cdot … \cdot (n+1)+2$ 是一个偶数，原因就在于它的两个加数都含有因数 2。任何大于 2 的偶数都是合数。

第二个数：$(n+1)!+3=1 \cdot 2 \cdot 3 \cdot 4 \cdot 5 \cdot 6 \cdot 7 \cdot … \cdot (n+1)+3$ 的两个加数都是 3 的倍数，因此它是一个合数。

第三个数：$(n+1)!+4=1 \cdot 2 \cdot 3 \cdot 4 \cdot 5 \cdot 6 \cdot 7 \cdot … \cdot (n+1)+4$ 能够被 4 整除，原因就在于它的两个加数都是 4 的倍数。因此，它也是一个合数。

同样也可以证明，$(n+1)!+5$ 这个数是 5 的倍数，等等。也就是说，这个数列中的每一个数都含有 1 和它本身以外的因数，因此它们都是合数。

比如，只需要在上面那个数列中用 5 代替 n，我们就可以写出 5 个连续的合数。由此得出的数列如下：

$$722, \ 723, \ 724, \ 725, \ 726$$

需要注意的是，由 5 个连续的合数所构成的数列不止上面列出的这一种，还存在别的数列，比如：

$$62, \ 63, \ 64, \ 65, \ 66$$

或者

$$24, \ 25, \ 26, \ 27, \ 28$$

【题目】写出十个连续的合数。

【解答】我们可以根据上面介绍的方法，取

$$1 \cdot 2 \cdot 3 \cdot 4 \cdot 5 \cdot … \cdot 10 \cdot 11+2=39 \ 916 \ 802$$

将这个数作为我们所求的十个数中的第一个，因此，所求的数列就可以是下面这样的：

$$39 \ 916 \ 802, \ 39 \ 916 \ 803, \ 39 \ 916 \ 804, \ …$$

当然，这样写出的十个连续合数并不是最小的，我们甚至还可以列举出 13 个只比一百稍大的连续合数，比如：

$$114, \quad 115, \quad 116, \quad 117, \quad \cdots, \quad 126$$

（2）素数的个数

在这里，我们将要证明素数的个数是无穷的。

我们采取的方法是"反证法"。这个证法是古希腊数学家欧几里得发明的，并且已经收录在他的著作《几何原本》中。假设素数的行列是有尽头的，并且用字母 N 来表示最末一个素数。于是，我们写出乘积

$$1 \cdot 2 \cdot 3 \cdot 4 \cdot 5 \cdot 6 \cdot 7 \cdots \cdot N = N\,!$$

在此基础上再加上 1，从而得到：

$$N\,! + 1$$

这个数是一个大于 N 的整数，按照假设，它应该是一个合数。也就是说，至少有一个素数可以整除它。可是，已知所有的素数都不能超过 N，显然，（$N\,! + 1$）这个数不能被任何小于或者等于 N 的数整除，因为总是会余 1。

因此，素数是有限的这个假设是不成立的，它会导致自相矛盾。如此一来，我们可以断定，虽然在自然数列中有无限长的连续合数的数列，但是在这之后肯定还是有无穷多的素数的。

（3）已知的最大素数

我们现在已经知道素数的个数是无穷的。可是，究竟哪些数是素数呢？我们必须进行计算，才能知道某个自然数是不是素数，而且这个数越大，计算的工作量也会越大。

（$2^{2281} - 1$）这个数是我们目前所知道的最大的素数[①]。写成十进制，这个数有 700 位。

11. 纯算术计算

我们在实际工作中常常会遇到一些纯算术计算，假如没有比较简易的代数方法来帮助我们的话，计算过程会是十分繁复的。比如，对于下面这个式子，我们求一下它的数值：

---

① 截至 2023 年底，已发现的最大的素数是 $2^{82589933} - 1$。

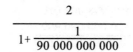

这样的计算有何意义？在物理学中，假如一个物体参与同方向的两种运动，按照传统力学，两种运动的速度分别是 v_1 千米／秒和 v_2 千米／秒，总速度应该是（v_1+v_2）千米／秒。但是根据相对论，其总速度应该用下面这个式子来求：

$$v=\frac{v_1+v_2}{1+\dfrac{v_1v_2}{c^2}}$$

式中的 c 表示的是光在真空中的传播速度，大约是 300 000 千米／秒。假如 v_1 和 v_2 都是 1 千米／秒，按照传统力学，其总速度就等于 2 千米／秒，而根据相对论，其总速度则是 $\dfrac{2}{1+\dfrac{1}{90\,000\,000\,000}}$ 千米／秒。

这两个结果会相差多少呢？用最精确的仪器是否能够测出这点差别呢？我们需要完成上面那个计算，才能阐明这个重要的问题。

对于这个计算，我们运用两种方法来做：首先使用寻常的算术方法，然后再使用代数方法。

先改写一下这个繁分数：

$$\frac{2}{1+\dfrac{1}{90\,000\,000\,000}}=\frac{180\,000\,000\,000}{90\,000\,000\,001}$$

再用分母除分子，可得出：

```
180 000 000 000 | 90 000 000 001
 90 000 000 001  1.999 999 999 977…
899 999 999 990
810 000 000 009
 899 999 999 810
 810 000 000 009
  899 999 998 010
  810 000 000 009
   899 999 980 010
   810 000 000 009
    899 999 800 010
    810 000 000 009
```

$$
\begin{array}{r}
899\ 998\ 000\ 010 \\
810\ 000\ 000\ 009 \\
\hline
899\ 980\ 000\ 010 \\
810\ 000\ 000\ 009 \\
\hline
899\ 800\ 000\ 010 \\
810\ 000\ 000\ 009 \\
\hline
898\ 000\ 000\ 010 \\
810\ 000\ 000\ 009 \\
\hline
880\ 000\ 000\ 010 \\
810\ 000\ 000\ 009 \\
\hline
700\ 000\ 000\ 010 \\
630\ 000\ 000\ 007 \\
\hline
70\ 000\ 000\ 003 \\
\end{array}
$$

由此可见，这个计算不但非常麻烦，还十分费力，一不留神就会出错。而且，计算的关键就在于要确切地知道商中的 9 究竟重复到第几位才停止，从第几位开始才出现别的数字。

通过比较，我们可以看到，同样的算式，用代数方法算起来是多么简便。它利用的是一个近似等式，即如果 a 是一个极小的分数，那么

$$\frac{1}{1+a} \approx 1-a$$

对这个式子的证明是很简单的。将式子的两边同乘以分数的分母，从而得到：

$$1=(1+a)(1-a)$$

即

$$1=1-a^2$$

已知 a 是一个很小的分数，比方说 0.001，那么 a^2 就更小的分数了（0.000001），所以它就可以忽略不计。

把上面所介绍的方法用到我们的计算上来：

$$\frac{2}{1+\dfrac{1}{90\ 000\ 000\ 000}} = \frac{2}{1+\dfrac{1}{9 \cdot 10^{10}}}$$

$$\approx 2(1-0.111\cdots \times 10^{-10})$$

$$=2-0.000000000222\cdots$$

$$=1.999999999777\cdots$$

用两种方法所得到的结果几乎一样，但是代数方法却简捷很多。通过这个计算结果我们知道，相比光速来说，寻常力学所处理的速度太小了，即使将两个速度相加，所产生的误差也是觉察不出来的。因此我们可以大胆地断言，在低速领域，是可以不考虑相对论效应的。然而，在现代生活中已经出现了这样一些领域，例如空间技术领域，就必须用到相对论了。要知道，在该领域，卫星和火箭的运行速度已经达到了大约 10 千米／秒，经典力学和相对论力学在这种情况下的区别就不是一星半点儿了。

12. 用非代数方法更简单的情形

我们都知道代数对算术的帮助是很大的，但是有时候引入代数，反而会带来麻烦。

下面这道题就是一个很有意义的例子：

【题目】找到一个最小的数，它被 2 除余 1，被 3 除余 2，被 4 除余 3，被 5 除余 4，被 6 除余 5，被 7 除余 6，被 8 除余 7，被 9 除余 8。

【解答】曾经有人这样说："这里的方程太多了，根本没法解出来。"那么这个问题到底要怎样解决呢？

其实，要解决这个问题，根本不需要列方程，只需要用简单的算术推理就可以了。

要是在所求的未知数上加上 1，那么用 2 除，余数会是多少呢？答案就是 1+1=2。也就是说，这个数可以被 2 整除。

同样也能知道，这个数加上 1 后可以被 3、4、5、6、7、8、9 整除。而通过计算 $9 \times 8 \times 7 \times 5$ 可得出，这样的数最小的就是 2520，那么所求的数则是 2519。

由此可见，数学的真谛在于选择最简便可靠的方法解决问题。至于这个方法是算术方法、代数方法还是几何方法，并不是最重要的。

第七章　最大值和最小值

1. 两个火车头间的距离

【题目】两条铁路相交成直角，有两列火车同时开向交叉点。其中一列火车出发的车站距离交叉点 40 千米，另一列火车出发的车站则距离交叉点 50 千米。现在知道，第一列火车每分钟行驶 800 米，第二列火车每分钟行驶 600 米。

请计算：从出发的时刻开始，经过多少时间后两个火车头之间的距离最短？

【解答】火车运动的情况我们可以画图来表示。如图 19 所示，两条交叉的铁路分别用直线 AB 和直线 CD 来表示。B 点在距离交叉点 O 40 千米的地方，D 点在距离交叉点 O50 千米的地方。两个火车头在经过 x 分钟后的距离用 MN 表示，设 MN=m。由 B 点出发的火车到此时所走的路程用 BM 表示，由于它每分钟行驶 800 米，也就是 0.8 千米，所以 BM=0.8x 千米，OM=（40-0.8x）千米。同样，我们可以求出 ON=（50-0.6x）千米。按照勾股定理，可得出：

$$MN=m=\sqrt{OM^2+ON^2}=\sqrt{(40-0.8x)^2+(50-0.6x)^2}$$

将方程两边同时平方，化简得到：

$$x^2-124x+4\,100-m^2=0$$

通过解方程，得到：

$$x=62\pm\sqrt{m^2-256}$$

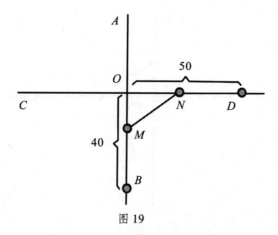

图 19

既然 x 是所经过的时间，那么它绝不可能是虚数。所以，m^2-256 应该是正值，或者说至少等于 0。因此在 $m^2=256$，也就是 $m=16$ 的时候，m 取得最小的数值。

很明显，m 是不可能小于 16 的，否则 x 就变成了虚数。假如 $m^2-256=0$，那么 $x=62$。

因此，两个火车头在经过 62 分钟后离得最近，此时它们的距离等于 16 千米。

我们来确定一下这时候火车头的位置。

$$OM=40-62×0.8=-9.6$$

负号表示的是火车头超过交叉点 9.6 千米。同理可得：

$$ON=50-62×0.6=12.8$$

也就是说，第二列火车还需要行驶 12.8 千米才能够到交叉点。如图 20 所示，两车车头的位置已经在图中表示出来了。可以发现，图 20 已经与之前画的图 19 完全不一样了。这说明方程非常"宽容"，虽然原来的图画得不准确，但是它还是将正确的答案计算出来了。不难理解，正是由于有了正负号，方程才能够这样宽容。

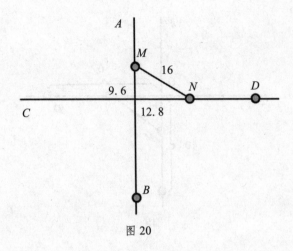

图 20

2. 小站该建在哪里

【题目】在距离一段笔直的铁路 20 千米的地方，有一个村子 B，如图 21 所示。现在要建一个小站 C，使从点 A 到点 B 所需要的时间最短，即先沿铁路 AC 前行，然后再沿公路 CB 前行，两段路程加起来所需要的时间最短。现在已经知道沿铁路每分钟前行 0.8 千米，沿公路每分钟前行 0.2 千米。那么这个小站需要建在什么位置才符合题目要求？

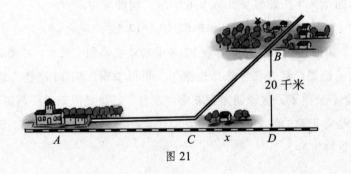

图 21

【解答】设从 A 点到 D 点的距离 $AD=a$，$CD=x$，那么可得到 $AC=AD-CD=a-x$，而 $CB=\sqrt{CD^2+BD^2}=\sqrt{x^2+20^2}$。

因此，AC 这一段路需要的时间就是

$$\frac{AC}{0.8} = \frac{a-x}{0.8}$$

CB 这一段路需要的时间则是：

$$\frac{CB}{0.2} = \frac{\sqrt{x^2+20^2}}{0.2}$$

那么从 A 点到 B 点全程所需要的时间就等于：

$$\frac{a-x}{0.8} + \frac{\sqrt{x^2+20^2}}{0.2}$$

用 m 表示这个总和：

$$\frac{a-x}{0.8} + \frac{\sqrt{x^2+20^2}}{0.2} = m$$

将这个形式改写一下：

$$-\frac{x}{0.8} + \frac{\sqrt{x^2+20^2}}{0.2} = m - \frac{a}{0.8}$$

将两边同时乘以 0.8，可以得到：

$$-x + 4\sqrt{x^2+20^2} = 0.8m - a$$

将（$0.8m-a$）用 k 表示，并去除方程里的根号，得出二次方程如下：

$$15x^2 - 2kx + 6\,400 - k^2 = 0$$

从而求出：

$$x = \frac{k \pm \sqrt{16k^2 - 96\,000}}{15}$$

　　既然 $k=0.8m-a$，那么当 m 最小的时候，k 的数值也最小，反之亦然。但是，$16k^2$ 应该不小于 96 000，这样才能保证 x 是实数。换句话说，$16k^2$ 的最小值就等于 96 000，此时 m 的值最小。所以可以求出：

$$k = \sqrt{6\,000}$$

因此

$$x = \frac{k \pm 0}{15} = \frac{\sqrt{6\,000}}{15} \approx 5.16$$

即这个小站应该设在距离 D 点约 5 千米的地方。

　　但是，只有在 $x < a$ 的时候，我们的解才有意义，原因就在于在列方程的时候，我们是把（$a-x$）看作正数的。

　　假如 $x=a \approx 5.16$，那么在这种情况下，只需要引公路通向村子 B 就可以了，完全不需要设立小站。在 $a < 5.16$ 千米的时候也是如此。

与上一题相比，我们这回需要想得更为周到。假如我们盲目地信任方程，就可能会在 A 点的左边设上一小站，从而闹笑话。这种情况下，x 是大于 a 的，结果就导致沿铁路行走所需要的时间 $\dfrac{a-x}{0.8}$ 变成了负数。

这个问题告诫我们，在运用数学工具时，对所得出的结果要小心求证。假如将应用数学工具所依据的前提忽略了，那么所得出的结果就没有什么实际意义。

3. 公路要朝哪个方向修

【题目】如图 22 所示，要从河边的城市 A 向远处距离河岸 d 千米的地点 B 运一批货物。A 点和 C 点之间的距离是 a 千米。假定水路运费是公路运费的一半，那么要使 A 和 B 之间的运费最低，应该如何从 B 点修筑一条公路到河边？

【解答】设公路的终点为 D 点，水运距离 $AD=x$，陆运距离 $DB=y$。按照题意，$AC=a$，$BC=d$。

设水路运费为 1，公路运费则为 2。按照题目的要求，$x+2y$ 的值应该最小。令

$$x+2y=m$$

又因为 $x=a-DC$，而 $DC=\sqrt{y^2-d^2}$，所以上面的方程就变成了下面的形式：

$$a-\sqrt{y^2-d^2}+2y=m$$

去根号，化简可得：

$$3y^2-4(m-a)y+(m-a)^2+d^2=0$$

通过解方程，可得出：

$$y=\frac{2}{3}(m-a)\pm\frac{\sqrt{(m-a)^2-3d^2}}{3}$$

因为 y 为实数，所以 $(m-a)^2 \geqslant 3d^2$。$(m-a)^2$ 的最小值就应该等于 $3d^2$，因此

$$m-a=\sqrt{3}\,d,\quad y=\frac{2(m-a)+0}{3}=\frac{2\sqrt{3}\,d}{3}$$

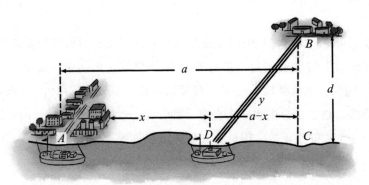

图 22

$$\sin\angle BDC=\frac{d}{y}=d\div\frac{2\sqrt{3}\,d}{3}=\frac{\sqrt{3}}{2}$$

可见，∠BDC 是 60°。换句话说，修这条公路的时候要使其与河流成 60° 的角。

在这里，我们遇到和上一题相同的问题。就是在某些条件下，这个解是没有意义的。假如点 A 是在点 D 和点 C 之间，那么所得出的这个解就不适用了。这种情况下，根本用不着水路运输，从点 B 直接向城市 A 修筑一条公路即可。

4. 乘积最大的问题

【题目 1】如何将一个已知数分成两部分，使它们的乘积最大？

【解答】我们假设已知数是 a。将 a 分成两部分，这两部分就可以分别用 $\frac{a}{2}+x$ 和 $\frac{a}{2}-x$ 来表示，其中的 x 表示每一部分和 a 的一半之间的差。这两部分的乘积等于 $(\frac{a}{2}+x)(\frac{a}{2}-x)=\frac{a^2}{4}-x^2$。

很明显，x 越小，也就是这两部分的差越小，它们的乘积就会越大。当

$x=0$ 的时候，即当两部分都等于 $\frac{a}{2}$ 的时候，它们的乘积是最大的。

由此可以得出结论：总和不变的两个数，在彼此相等的时候，乘积是最大的。

【题目2】如何将一个已知数分成三部分，使它们的乘积最大？

【解答】首先假定每一部分都不与 $\frac{a}{3}$ 相等。它们中一定会有一部分比 $\frac{a}{3}$ 大，因为三部分都比 $\frac{a}{3}$ 小是不可能的，这一部分可以用 $\frac{a}{3}$+x 来表示。

同理，这三部分中也必定会有一部分比 $\frac{a}{3}$ 小，可以用 $\frac{a}{3}$-y 来表示。

由于 x 和 y 是正数，因此第三部分就应该等于

$$\frac{a}{3}+y-x$$

可以发现，$\frac{a}{3}$ 与 $\frac{a}{3}$+x-y 的和与前两部分（$\frac{a}{3}$+x，$\frac{a}{3}$-y）的和是相等的；它们的差，即 $x-y$，要比前两部分的差小，换句话说，就是比 $x+y$ 小。根据上一个题目的结论，我们可知，$\frac{a}{3}$（$\frac{a}{3}$+x-y）要比前两部分的乘积大。

假如将 $\frac{a}{3}$+x 和 $\frac{a}{3}$-y 这两部分换成 $\frac{a}{3}$ 和 $\frac{a}{3}$+x-y，第三部分保持不变，那么它们的乘积就增加了。

现在假设这三部分中的一部分与 $\frac{a}{3}$ 相等，就可以用下面的形式来表示其他两部分，即

$$\frac{a}{3}+z \text{ 和 } \frac{a}{3}-z$$

假如让这两部分也都与 $\frac{a}{3}$ 相等的话，它们的和并不改变，那么它们的乘积就又会增加一些，即

$$\frac{a}{3} \times \frac{a}{3} \times \frac{a}{3} = \frac{a^3}{27}$$

于是可知，将一个数 a 分成互不相等的三部分，它们的乘积一定比 $\frac{a^3}{27}$ 小。换句话说，就是总和不变的三个数，在彼此相等的时候，乘积最小。

这个定理对于四个、五个甚至不论多少个乘数都是成立的，可以使用同样的方法进行证明。

【题目3】假如 $x+y=a$，要想 $x^p y^q$ 的数值最大，x 和 y 需要取什么样的数值？

【解答】将题目换一种说法，就是：x 取什么值时，x^p（$a-x$）^{q} 可以达

到最大？

将这个式子乘以 $\dfrac{1}{p^p q^q}$，就可以得到一个新式子，如下：

$$\frac{x^p}{p^p} \times \frac{(a-x)^q}{q^q}$$

很明显，它和原来的式子可以同时取得最大值。

我们可以将这个式子写成下面这种形式：

$$\underbrace{\frac{x}{p} \times \frac{x}{p} \times \frac{x}{p} \times \cdots \times \frac{x}{p}}_{p\,次} \times \underbrace{\frac{a-x}{q} \times \frac{a-x}{q} \times \cdots \times \frac{a-x}{q}}_{q\,次}$$

这个式子一切乘数的总和就是：

$$\underbrace{\frac{x}{p} + \frac{x}{p} + \frac{x}{p} + \cdots + \frac{x}{p}}_{p\,次} + \underbrace{\frac{a-x}{q} + \frac{a-x}{q} + \cdots + \frac{a-x}{q}}_{q\,次}$$

$$= \frac{px}{p} + \frac{q\,(a-x)}{q} = x + a - x = a$$

由此可以说，它们的总和是一个常数。

根据前面的证明，我们可以做出这样的结论：在所有乘数都一样大的时候，即 $\dfrac{x}{p} = \dfrac{a-x}{q}$ 的时候，上面的乘积会达到最大。

已知 $a-x=y$，将其代入上式中，交换中项，就可以得到下面的比例式：

$$\frac{x}{y} = \frac{p}{q}$$

于是，假如总和 $x+y$ 一定，那么乘积 $x^p q^q$ 会在 $x:y=p:q$ 的时候，达到最大。

对于乘积 $x^p y^q z^r$、$x^p y^q z^r t^u$ 等，可以用同样的方式进行证明。假如总和 $x+y+z$、$x+y+z+t$ 等是不变的，那么在 $x:y:z=p:q:r$，$x:y:z:t=p:q:r:u$ 的时候，乘积会达到最大。

5. 两个数的和最小

如果你想验证自己证明代数定理的能力，可以对下面这几个命题进行证明。

第一个：两个数的乘积一定，它们在相等的时候和最小。

比如，两个数的乘积等于36，那么可能的组合及其和有：4+9=13，3+12=15，2+18=20，1+36=37，6+6=12。其中，12是所有和中最小的。

第二个：几个数的乘积一定，它们在相等的时候和最小。

比如，三个数的乘积等于216，那么可能的组合及其和有：3+12+6=21，2+18+6=26，9+6+4=19，6+6+6=18。其中，18是所有和中最小的。

对于这些定理在实际中是怎样应用的，我们将在后面的内容中列举一些实例来说明。

6. 原木与体积最大的方木梁

【题目】要想将一根如图23所示的原木锯成体积尽可能大的方木梁，那么方木梁的截面应该是什么形状的？

图 23

【解答】假设矩形截面的长和宽分别是 x 和 y，那么由勾股定理可得

$$x^2+y^2=d^2$$

其中的 d 是原木的直径。

方木梁在截面积最大的时候，体积也达到最大。换句话说，就是在 xy 取得最大值的时候，体积最大。

不难发现，xy 最大时，x^2y^2 也会达到最大。已知 x^2 与 y^2 的和是不变的，那么根据前面已经证明的定理，在 $x^2=y^2$ 的时候，也就是 $x=y$ 的时候，乘积

x^2y^2 最大，即截面积 xy 最大。

因此，这根方木梁的截面应该是正方形。

7. 两块土地的形状

【题目】（1）一块矩形的土地，面积一定，要想周围篱笆的长度最短，这个矩形应该是什么样的？

（2）一块矩形的土地，周围篱笆的长度是一定的，要想土地的面积最大，这个矩形应该是什么样的？

【解答】（1）用 x 和 y 表示矩形的边长，矩形的面积就等于 xy，那么周围篱笆的长度就等于 $2x+2y$。显然，$x+y$ 的值最小时，篱笆的长度也就最小。

在乘积 xy 保持不变的情况下，x 与 y 的和在 $x=y$ 的时候是最小的。因此所求的矩形应该是个正方形。

（2）设矩形的边长分别为 x 和 y，那么周围篱笆的长度则等于 $2x+2y$，而面积就等于 xy。在乘积 $2x \times 2y$ 也就是 $4xy$ 最大的时候，这个乘积 xy 也是最大的，而 $2x$ 和 $2y$ 的和是固定不变的，xy 最大的时候即 $2x=2y$ 的时候，因此，这块地是正方形的时候，面积会最大。

所以，关于正方形的性质，除了我们从初等几何里知道的，还可以将下面这一条增补进去：在所有面积一定的矩形中，正方形的周长是最短的；而在所有周长一定的矩形中，正方形的面积则是最大的。

8. 扇形风筝的最大面积

【题目】一个周长确定的扇形风筝，弧长和半径要满足什么关系才能使它的面积最大？

【解答】如图 24 所示，设扇形的半径为 x，弧为 y，那么周长 l 和面积 S 就可以这样来表示：

$$l=2x+y, \quad S=\frac{xy}{2}=\frac{x(l-2x)}{2}$$

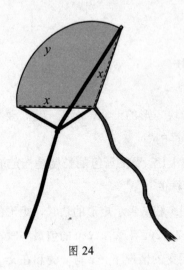

图 24

S 最大，即 $\frac{x(l-2x)}{2}$ 最大，也就相当于乘积 $2x$（$l-2x$）最大。已知两个乘数的和 $2x+$（$l-2x$）=l，是一个常数，那么这个乘积会在 $2x=l-2x$ 的时候最大，于是就可以得到：

$$x=\frac{l}{4}, \quad y=l-2\times\frac{l}{4}=\frac{l}{2}$$

因此，若扇形的周长一定，当它的半径等于弧长的一半时——弧长与两条半径的和相等，换句话说，就是扇形的曲线部分与直线部分之和相等的时候，它的面积取得最大值。此时，扇形的圆心角约等于 115°。至于这样宽的风筝放不放得起来，就是另外一个问题了，不在我们这个题目所讨论的范围之内。

9. 旧墙上建新房的问题

【题目】有一座房屋破得只剩下一堵墙了，想要在此基础上修建新屋。已知旧墙长度为 12 米，新屋面积预计要建 112 平方米。这个工程的预算如下：

（1）修理一米旧墙的费用与砌一米新墙的费用的 25% 相等；

（2）假如将旧墙拆了，利用旧料来砌新墙，这样砌一米墙的费用与用新料砌一米新墙的费用的 50% 是相同的。

那么，应该如何利用旧墙才最合算呢？

【解答】如图 25 所示，我们假设将旧墙保留 x 米，拆去的部分就等于（12-x）米，拆下来的旧料再重新用到新屋的墙上。将另一边的长度设为 y 米。假设用新料砌一米新墙的费用是 a，那么修理 x 米旧墙的费用等于 $\dfrac{ax}{4}$。对于第二面墙来说，使用旧料砌（12-x）米长的新墙所需要的费用等于 $\dfrac{a(12-x)}{2}$，砌这面墙的其余部分的费用就是 $a[y-(12-x)]$，也就等于 $a(y+x-12)$。砌第三面墙的费用等于 ax，砌第四面墙的费用则是 ay。于是可以将全部工程所需的费用列出来，如下：

$$\frac{ax}{4}+\frac{a(12-x)}{2}+a[y-(12-x)]+ax+ay=\frac{a(7x+8y)}{4}-6a$$

这个算式要想得到最小值，就需要 $7x+8y$ 的值最小。

已知房子的面积 xy 等于 112，因此

$$7x\cdot8y=56\times112$$

在乘积不变的情况下，$7x$ 与 $8y$ 的和在 $7x=8y$ 的时候最小，由此可以得出：

$$y=\frac{7}{8}x$$

将上式代入 $xy=112$，可得：

$$\frac{7}{8}x^2=112,\ x=\sqrt{128}\approx11.3$$

已知旧墙的长度等于 12 米，因此要拆除的部分只有 0.7 米。

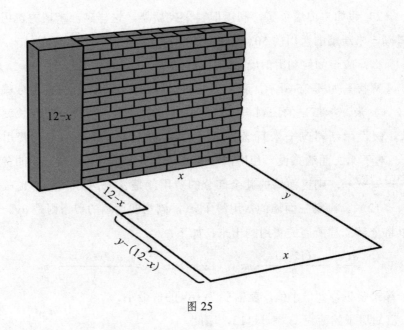

图 25

10. 建筑工地上的栅栏

【题目】如图26所示，盖一所房子要先用栅栏把一块地圈起来。现有的材料能够做的栅栏的长度是 *l* 米。除此之外，有一段旧围墙可以用来做栅栏的一边。利用这些条件围出一个矩形工地，如何才能使工地面积最大呢？

【解答】假设利用旧围墙的那一边长度等于 *x* 米，垂直于围墙的那一边等于 *y* 米。要将这块工地围起来，需要做的新栅栏的长度等于（*x*+2*y*）米，因此可以列出下列算式：

$$x+2y=l$$

工地的面积就是

$$S=xy=y（l-2y）$$

假如面积 *S* 是最大值，那么它的 2 倍，即 2*y*（*l*-2*y*）也一定是最大值。而 2*y* 与 *l*-2*y* 的和是固定的，所以，要使这个乘积有最大值，就必须使

$$2y=l-2y$$

于是就可以得到：

$$y=\frac{l}{4}, \quad x=l-2y=\frac{l}{2}$$

换言之，$x=2y$，也就是工地的长应该是宽的两倍，此时的矩形面积最大。

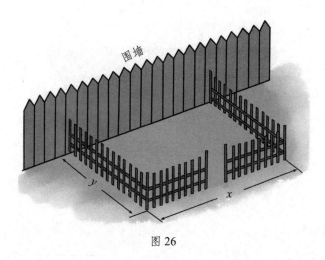

图 26

11. 截面积最大的槽

【题目】如图 27 所示，要做一个截面是等腰梯形的槽，需要用的材料是一块矩形铁片。从图 28 中就可以看出，做出的槽可以是各式各样的。要使槽的截面积最大，各面应该做多宽并且应该折成什么角度（如图 29 所示）？

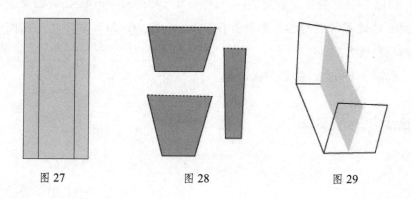

图 27   图 28   图 29

【解答】假设铁片的宽度等于 l。槽侧面的宽度等于 x，底面的宽度等于 y。除此之外，再引进一个未知数 z，如图 30 所示。

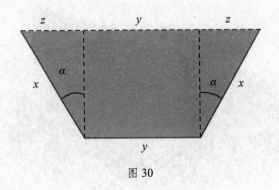

图 30

槽的截面积

$$S=\frac{(z+y+z)+y}{2} \times \sqrt{x^2-z^2} = \sqrt{(y+z)^2 \ (x^2-z^2)}$$

这道题的关键就是要将 x、y、z 的大小确定下来，使 S 达到最大值。在这里，$2x+y$（也就是铁片的宽度）的值是一定的，即 l。由此我们将方程进行如下变换：

$$S^2= \ (y+z)^2 \ (x+z)(x-z)$$

可以发现，S^2 最大时，$3S^2$ 也会达到最大，而 $3S^2$ 可以用下面这样的形式来表示：

$$(y+z) \ (y+z) \ (x+z) \ (3x-3z)$$

这四个乘数的和是不变的：$y+z+y+z+x+z+3x-3z=2y+4x=2l$。因此在这四个乘数彼此相等的时候，也就是在 $y+z=x+z$ 和 $x+z=3x3z$ 的时候，这四个乘数的积是最大的。

从第一个方程，我们得出：

$$y=x$$

而已知 $y+2x=l$，那么

$$x=y=\frac{l}{3}$$

通过第二个方程，我们可以求出：

$$z= \frac{x}{2} = \frac{l}{6}$$

同时，既然直角边 z 与斜边 x 的一半相等，所以这条直角边的对角 α 是30°，那么槽的斜面相对于底面的倾斜角就等于 90°+30°=120°。

因此，这个槽的截面积最大的时候，就是将它的各边折成形如正六边形的三条相邻边的时候。

12. 容量最大的圆锥形漏斗

【题目】如图 31 所示，要做一个圆锥形的漏斗，给出的材料是一块圆形铁片。制作时，需要从这块圆片里割去一个扇形，将剩余的部分卷起来做成一个圆锥。那么所割去扇形的圆心角应该为多少度，才能使这个漏斗的容量最大？

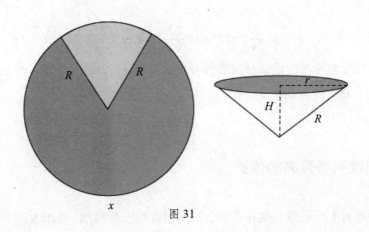

图 31

【解答】设 x 为割去扇形后剩余部分的弧长。圆形铁片的半径 R 就是圆锥的母线，而圆锥的底面周长就等于 x。这样，就可以用下面这个等式表示圆锥底面的半径 r：

$$2\pi r=x$$

从而可得出

$$r = \frac{x}{2\pi}$$

根据勾股定理，圆锥的高

$$H = \sqrt{R^2 - r^2} = \sqrt{R^2 - \frac{x^2}{4\pi^2}}$$

所以圆锥的体积

$$V = \frac{\pi}{3} r^2 H = \frac{\pi}{3} \left(\frac{x}{2\pi}\right)^2 \sqrt{R^2 - \frac{x^2}{4\pi^2}}$$

此式与 $\left(\frac{x}{2\pi}\right)^2 \sqrt{R^2 - \left(\frac{x}{2\pi}\right)^2}$ 和它的平方 $\left(\frac{x}{2\pi}\right)^4 [R^2 - \left(\frac{x}{2\pi}\right)^2]$ 同时达到最大值。

可以看出，$\left(\frac{x}{2\pi}\right)^2 + R^2 - \left(\frac{x}{2\pi}\right)^2 = R^2$，是一个常数，因此根据本章"乘积最大的问题"一节的结论，上面那个乘积要想取得最大值，需要满足 $\left(\frac{x}{2\pi}\right)^2 : [R^2 - \left(\frac{x}{2\pi}\right)^2] = 2 : 1$。所以

$$\left(\frac{x}{2\pi}\right)^2 = 2R^2 - 2\left(\frac{x}{2\pi}\right)^2$$

由此得出：

$$3\left(\frac{x}{2\pi}\right)^2 = 2R^2, \quad x = \frac{2\sqrt{6}}{3} \pi R \approx 5.13R$$

换算成角度，这段弧对应的圆心角约为 294°。换句话说，所割去的扇形的圆心角大约为 66°。

13. 蜡烛照得最亮的位置

【题目】一枚钱币躺在桌子上，这时点燃一根蜡烛，要使蜡烛的火焰将这枚钱币照得最亮，它应该距离桌面多高呢？

【解答】也许有人会说，很简单啊，只要使火焰尽量低就可以照得最亮了。这当然不对：火焰太低，光线就会射得很平，不能将硬币照亮；而将蜡烛举高，光线就能直射下来，然而这样就离光源远了。很明显，应该把蜡烛放在桌子上方某一高度适中的地方，才能够把硬币照得最亮。如图

32 所示，我们用 x 来代表火焰所在高度 AC，用 a 表示 BC，即由钱币 B 到火焰在桌面上的垂直投影 C 之间的距离，用 i 来表示火焰的光度。那么按照光学定律，钱币的照度就可以这样来表示：

$$\frac{i}{AB^2}\cos\alpha = \frac{i\cos\alpha}{\sqrt{a^2+x^2}} = \frac{i\cos\alpha}{a^2+x^2}$$

式中的 α 是光线 AB 的投射角。显然，

$$\cos\alpha = \cos A = \frac{x}{AB} = \frac{x}{\sqrt{a^2+x^2}}$$

那么照度就是

$$\frac{i}{a^2+x^2} \cdot \frac{x}{\sqrt{a^2+x^2}} = \frac{ix}{(a^2+x^2)^{\frac{3}{2}}}$$

在 x 满足一定条件时，这个式子和它的平方 $\dfrac{i^2 \cdot x^2}{(a^2+x^2)^3}$ 会同时达到最大值。

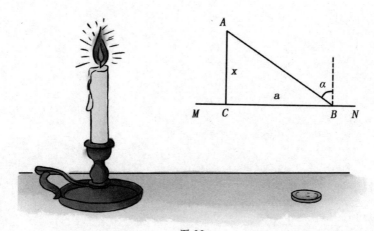

图 32

既然乘数 i^2 是一个常数，可以略去，那么这个式子就会变成下面这样：

$$\frac{x^2}{(a^2+x^2)^3} = \frac{1}{(x^2+a^2)^2}\left(1-\frac{a^2}{x^2+a^2}\right)$$

$$= \left(\frac{1}{x^2+a^2}\right)^2\left(1-\frac{a^2}{x^2+a^2}\right)$$

这个式子和下面这个式子会同时达到最大值：

$$\left(\frac{a^2}{x^2+a^2}\right)^2 \left(1-\frac{a^2}{x^2+a^2}\right)$$

其原因在于 a^4 是一个常数因子，在前者的基础上乘以 a^4，是不影响乘积达到最大值时 x 的值的。

注意：$\frac{a^2}{x^2+a^2}+1-\frac{a^2}{x^2+a^2}=1$，是一个常数。因此我们就可以作出以下结论：所讨论的这个乘积在 $\frac{a^2}{x^2+a^2}:(1-\frac{a^2}{x^2+a^2})=2:1$ 的时候，会达到最大值。具体可以参考"乘积最大的问题"那一节。

由此我们可以得到方程如下：

$$a^2=2x^2+2a^2-2a^2$$

通过解这个方程，得出：

$$x=\frac{a}{\sqrt{2}}\approx 0.71a$$

因此，要想将这个钱币照得最亮，就需要火焰距离桌面的高度是钱币到火焰投影的水平距离的 0.71 倍。对于需要布置工作场所照明装置的人来说，这个知识是很有用的。

第八章　级数的问题

1. 关于级数最古老的问题

【题目】你知道关于级数最古老的问题是什么吗？也许有人会说，就是那个两千年前关于国际象棋发明者的报酬的问题。实际上，这是不正确的。更古老的级数问题应该是写在著名的林德埃及草纸本里的分面包问题。这个草纸本是由 18 世纪末的林德所发现的。编写的时间大约是公元前 2000 年，里面还列举了有可能是公元前 3000 年的数学著作。这个草纸本中有许多关于算术、代数以及几何的题目，其中有一个这样的题目：

5 个人分 100 份面包，第二个人比第一个人多得的，等于第三个人比第二个人多得的，也等于第四个人比第三个人多得的，还等于第五个人比第四个人多得的。除此之外，前两个人所得的总数与其余三人所得总数的七分之一相等。那么每个人各分得多少面包？

【解答】很明显，每个人所得的面包数组成一个递增算术级数。假设它的第一项为 x，公差为 y，那么可以写出：

第一份……………………………………x

第二份……………………………………$x+y$

第三份……………………………………$x+2y$

第四份……………………………………$x+3y$

第五份……………………………………$x+4y$

根据题意，可以列出两个方程，如下：

$$\begin{cases} x+ (x+y) + (x+2y) + (x+3y) + (x+4y) =100 \\ 7[x+ (x+y)] = (x+2y) + (x+3y) + (x+4y) \end{cases}$$

通过化简，第一个方程就变为：

$$x+2y=20$$

第二个方程则变为：

$$11x=2y$$

通过解这个方程组，可以得出：

$$x=1\frac{2}{3}, \ y=9\frac{1}{6}$$

也就是说，100 个面包应该分成这样的五份：

$$1\frac{2}{3}, \ 10\frac{5}{6}, \ 20, \ 29\frac{1}{6}, \ 38\frac{1}{3}$$

2. 方格纸上的算术级数

尽管级数已经有五千年的历史，但是它在我们的中学教育中出现的时间是相对较晚的。马格尼茨基在两个世纪之前出版了一本书，这本书引领了之后整整半个世纪的中学基础教材的编写工作。尽管在这本书中出现了级数，但是有关的计算公式却没有包含在内。

借助方格纸，算术级数的求和公式很容易就能推演出来。任何算术级数都可以在这种纸上用台阶式的图形表示出来。

如图 33 所示，图形 *ABDC* 表示级数：

$$2, \ 5, \ 8, \ 11, \ 14$$

我们需要把这个图形补成一个矩形 *ABGE*，才能将它的各项的总和求出来。于是，我们就得到两个相等的图形 *ABDC* 和 *DGEC*。每个图形的面积表示的都是这个级数的各项总和。换句话说，就是这个级数各项之和的两倍与矩形 *ABGE* 的面积是相等的，也就是：

$$(AC+CE) \cdot AB$$

其中，*AB* 表示的是级数的项数，而 *AC+CE* 表示的则是级数第一项和第

五项的和。因此

$$2S= 首尾两项的和 \times 项数$$

或者

$$S= \frac{(首项 + 末项) \times 项数}{2}$$

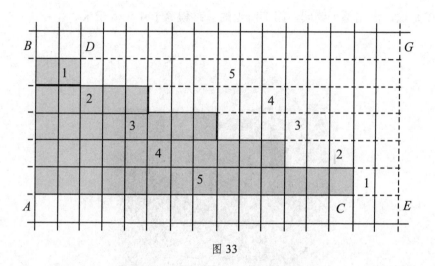

图 33

3. 浇完菜园要走的路程

【题目】如图 34 所示，有一块 30 畦的菜园，每畦长等于 16 米，宽等于 2.5 米。园丁要浇菜园的话，需要从距离菜园边界 14 米的一口井里提水，每趟都要沿着一畦的边绕一圈，而所提的水只够浇一畦菜。

那么这位园丁总共需要走多少路才能将整个菜园子浇完？井边即是路程的起点，也是路程的终点。

【解答】园丁在浇第一畦菜时需要走的路程等于

14+16+2.5+16+2.5+14=65（米）

浇第二畦菜时，要走

14+2.5+16+2.5+16+2.5+2.5+14=65+5=70（米）

相比浇上一畦菜来说，每次浇下一畦菜所要走的路程都要增加 5 米。由此，我们就可以得到这样一个级数：

$$65, \ 70, \ \cdots, \ 65+5\times29$$

它的各项之和就等于

$$\frac{(65+65+5\times29)\times30}{2}=4\,125\ (\text{米})$$

也就是说，浇完整个菜园，园丁所走的总路程等于 4.125 千米。

图 34

4. 喂母鸡所需要的饲料

【题目】有 31 只母鸡，为了喂它们，有人按照每只鸡一星期一斗的食量来计算，储存了这么一批饲料。原本认为母鸡的数量是不变的，但事实上每星期母鸡都要减少一只，这样所准备的饲料就足够支撑 2 倍的日子。

那么，这个人储存的饲料总共有多少？原本计划维持的时间是多久？

【解答】用 x 表示所储存的饲料总量，用 y 表示预备维持的星期数。已知饲料的量是按照 31 只母鸡每只一星期一斗来计算的，因此：

$$x=31y$$

由于每周减少 1 只鸡，因此第一个星期消耗了 31 斗饲料，第二个星期消耗了 30 斗，第三个星期消耗了 29 斗，依此类推，一直到第 $2y$ 个星期，此时的消耗量就等于（31-2y+1）斗。

因此总共的储存量

$$x=31y=31+30+29+\cdots+（31-2y+1）=（63-2y）y$$

既然 y 是不可能等于零的，因此我们可以从等式两边约去一个 y，于是就可以得到：

$$31=63-2y, \quad y=16$$

从而得出：

$$x=31, \quad y=496$$

因此所储存的饲料总共为 496 斗，起初预备维持 16 个星期。

5. 挖沟的工作时间

【题目】学校要挖一条沟，就把一些高年级的学生组成了一个小组（见图35）。假如他们全组人都来挖这条沟的话，24 小时可以挖好。然而事实上，开始的时候只有一个人来挖。又过了一些时候才有第二个人来，再过了同样久的时间又有第三个人来，如此一直到挖成。经计算，第一个人工作的时间，是最后一个人的 11 倍。

那么，最后一个人的工作时间是多久？

图 35

【解答】我们假设最后一个人工作了 x 小时，那么第一个人就工作了

11x 小时。假设挖土小组共计有 y 个人，那么工作总时长就等于一个 y 项递减级数的和，它的首项等于 11x，末项等于 x。那么可以得出：

$$\frac{(11x+x)\ y}{2}=6xy$$

另一方面已经知道，假如全组 x 个人都来挖这条沟的话，只需要 24 个小时就可以完成，换句话说，就是完成全部工作只需要 24y 个小时。因此，

$$6xy=24y$$

既然 y 这个数是不能等于零的，那么就可以从方程两边将这个因子去掉，由此我们就得到：

$$6x=24,\ x=4$$

即最后来挖土的人工作了 4 个小时。

对于题目中所提的问题，我们已经进行了解答，但是我们无法将这个小组的人数求出来。尽管方程里用到了这个数——用字母 y 所表示的，但没有充分的已知条件来求出它。

6. 商店里的苹果

【题目】有一个水果商店，店主将店里的所有苹果的一半又加半个卖给了第一个顾客，将剩下的苹果的一半又加半个卖给了第二个顾客，然后又将剩下的一半又加半个卖给了第三个顾客，以此类推。一直到第七个顾客，店主也是卖了所剩下的一半又加半个苹果，此时就将苹果卖完了。那么，你知道这个商店里最开始有多少个苹果吗？

【解答】假设原有的苹果数量是 x，那么第一个顾客所买到的苹果数量就是：

$$\frac{x}{2}+\frac{1}{2}=\frac{x+1}{2}$$

第二个顾客买到的数量就是：

$$\frac{1}{2}\left(x-\frac{x+1}{2}\right)+\frac{1}{2}=\frac{x+1}{2^2}$$

第三个顾客买到的数量就是：

$$\frac{1}{2}(x-\frac{x+1}{2}-\frac{x+1}{4})+\frac{1}{2}=\frac{x+1}{2^3}$$

以此类推，第七个顾客所买到的数量就是：

$$\frac{x+1}{2^7}$$

由此我们可以列出方程如下：

$$\frac{x+1}{2}+\frac{x+1}{2^2}+\frac{x+1}{2^3}+\cdots+\frac{x+1}{2^7}=x$$

即

$$(x+1)(\frac{1}{2}+\frac{1}{2^2}+\frac{1}{2^3}+\cdots+\frac{1}{2^7})=x$$

将括号里面的几何级数的总和计算出来，就可以得到：

$$\frac{x}{x+1}=1-\frac{1}{2^7},\ x=2^7-1=127$$

因此，苹果的总数是 127 个。

7. 买马蹄钉送马的精明卖家

【题目】传说，有一个人将一匹马卖了 156 元钱。但是买主买了马之后又反悔了，将其退还给卖主，说道："买你这匹马花这个价钱不合算，它根本就不值这么多钱。"

于是卖主就提出了新的条件："假如你觉得这匹马太贵了，那么你可以只将马蹄铁上的钉子买下，我就白送你这匹马。每一个马蹄铁上有六颗钉子，第一颗钉子只需要给我 $\frac{1}{4}$ 分钱，第二颗钉子 $\frac{1}{2}$ 分钱，第三颗钉子 1 分钱，以此类推。"

买主一听这便宜的价钱就动心了，想白得这一匹马，就认可了卖主的条件，他在心里估摸着这些钉子一共也花不了 10 元钱。

那么，买主到底需要花费多少钱呢？

图 36

【解答】买主买这 24 颗马蹄铁上的钉子，需要花费：

$$\frac{1}{4}+\frac{1}{2}+1+2+2^2+2^3+\cdots\cdots2^{24-3}$$

求出总和：

$$\frac{2^{21}\times2-\frac{1}{4}}{2-1}=2^{22}-\frac{1}{4}=4\ 194\ 303\ \frac{3}{4}$$

也就是约等于 4 200 000 元钱。在这样的条件下，卖主当然会很高兴地把马"白送"了。

8. 战士的抚恤金

【题目】据说古代有一个国家有这么一个规定：战士在第一次受伤的时候会得到 1 分钱抚恤金，第二次是 2 分钱，第三次是 4 分钱，以此类推。现在有一位战士一共得到了 655 元 3 角 5 分的抚恤金，那么他曾经受过几次伤？

【解答】我们将方程列出来，如下：

$$65\ 535=1+2+2^2+2^3+\cdots+2^{x-1}$$

即

$$65\ 535=\frac{2^{x-1}\times2-1}{2-1}=2^x-1$$

于是我们就可以得到：

$$65\ 536=2^x,\ \ x=16$$

这个结果通过试验很容易得到。

因此，在这样"优厚"的抚恤制度下，一位战士要受伤 16 次并且还活下来，才能够得到 655 元 3 角 5 分的"恩赐"。